国家古籍整理出版专项经费资助项目

龚自珍集

章培恒 安平秋 马樟根 主编
朱邦蔚 关道雄 导读
周勋初 审阅

中华文史名著精选精译精注·全民阅读版

凤凰出版社

图书在版编目（CIP）数据

龚自珍集 / 朱邦蔚，关道雄导读. -- 南京 : 凤凰出版社，2020.8
（中华文史名著精选精译精注 : 全民阅读版 / 章培恒，安平秋，马樟根主编）
ISBN 978-7-5506-3144-1

Ⅰ. ①龚… Ⅱ. ①朱… ②关… Ⅲ. ①古典诗歌－诗集－中国－清代②古典散文－散文集－中国－清代 Ⅳ. ①I214.92

中国版本图书馆CIP数据核字(2020)第061610号

书　　名	龚自珍集
导　　读	朱邦蔚　关道雄
责任编辑	张永堃　孙思贤
书籍设计	徐　慧
出版发行	凤凰出版社(原江苏古籍出版社) 发行部电话025-83223462
出版社地址	南京市中央路165号,邮编:210009
出版社网址	http://www.fhcbs.com
照　　排	凤凰零距离数字印前中心
印　　刷	苏州市越洋印刷有限公司 苏州市吴中区南官渡路20号　邮编:215104
开　　本	880毫米×1230毫米　1/32
印　　张	5.125
字　　数	106千字
版　　次	2020年8月第1版　2020年8月第1次印刷
标准书号	ISBN 978-7-5506-3144-1
定　　价	28.00元 (本书凡印装错误可向承印厂调换,电话:0512-68180638)

目录

导读

清代嘉庆、道光年间，正是统一的封建国家面临没落崩溃、走向半殖民地半封建社会的前夜，国内各种矛盾日益激化，外国资本主义扩张势力不断侵入，老迈的大清帝国被逼到了历史转折的十字路口。沉重的危机意识，促使有着国家、民族使命感的中国知识阶层诞生了第一代呼唤“变法”“更图”的近代改良派和启蒙思想家。龚自珍就是他们中的一位代表人物。

龚自珍(1792—1841)，字尔玉，又字瑟人；一名易简，字伯定；又名巩祚，号定盦；晚年又号羽琌山民，浙江仁和(今杭州市)人。他的一生，大致可分为三个阶段。

十九岁以前，主要在家中学习经学、文学。

龚自珍出身于一个典型的世代官宦学者的家庭。他的过继祖父龚敬身、祖父龚禔身、父亲龚丽正，都是由科举入仕，在朝廷或地方上为官，而且都有文集或学术著作。母亲段驯，是著名文字学家段玉裁之女，善写诗，亦有诗集传世。龚自珍童年即在母亲的指点下诵习诗文；十二岁，跟外祖父段玉裁学《说文解字》；十六岁，读《四库提要》。在家庭良好的学习气氛熏陶下，龚自珍很早就对科名掌故、古今官制、目录学、金石学发生了兴趣，并尝试作了一些考据和研究。在文学上，少年龚自珍也显示出令人可喜的创作才华。十三岁，他应塾师之命，作《水仙花赋》；十五岁，诗集编年；十九岁开始倚声填词。“少年哀乐过于人，歌泣无端字字真。”（龚自珍《己亥杂诗》。以下凡作者诗文，不再署名）从龚自珍的自我表白里，我们可以推知这些早年之作的特色。

从十九岁到二十七岁，是龚自珍思想的发展期。

嘉庆十五年（1810），十九岁的龚自珍第一次参加乡试，中副榜第二十八名。二十一岁，充任武英殿校录，开始研究校勘掌故之学。同年，与外祖父段玉裁的孙女段美贞结婚。然而时仅一年，妻子就不幸病逝。在此前后，龚自珍曾两度参加乡试，均告落第。直到嘉庆二十三年（1818）他二十七岁始中举。这一段经历，使他逐步加深对社会、人生真实面的认识，并从自己的科场失意中体验到政治的黑暗与制度的腐败，由“伤时感事”（《别辛丈人文》）而产生了改革时弊的要求，先后写出《明良论》（四篇）、《乙丙之际著议》（十一篇）、《尊隐》《平均篇》等重要政论文。嘉庆二十二年（1817），他曾以文集《伫泣亭文》及诗集一册，就教于文坛耆宿王芑孙。王阅后认为他“诗中伤时之语，骂坐之言，涉目皆是”，很担心他“口不择言，动与世忤”，引来不幸，劝他“修身慎言，远罪寡过”（见张祖廉《定盦先生年谱外记》）。总的说，这一时期龚自珍在学术思想上主要接受乾嘉学派影响。他的外祖父、文字学大师段玉裁对他尤其寄予厚望。龚自珍二十一岁时编集《怀人馆词》三卷、《红禅词》（即《无著词》）二卷，段亲自为之作序，称赞他“所业诗文甚夥，间有治经史之作，风发云逝，有不可一世之概”；认为“自珍以弱冠能之，则其才之绝异，与其性情之沉逸，居可知矣”（段玉裁《经韵楼集·怀人馆词序》）。一年以后，年已七十九岁的老人又再度写信勉励他“博闻强记，多识蓄德，努力为名儒，为名臣，勿愿为名士”（段玉裁《经韵楼集·与外孙龚自珍札》）。段玉裁去世前一年，读到龚自珍的《明良论》，更是欣赏，说：“四论皆古方也，而中今病，岂必别制一新方哉？耄矣，犹见此才而死，吾不恨矣。”（见《明良论四》文末作者自记）龚自珍对外祖父的教诲一直非常感激，曾作诗称：“斯文吾述段金沙。”（《己亥杂诗》）他还在诗末特别注明，自己“平生以经说字，以字说经”，正是从跟外祖父学习《说文》开始的。不过，从龚自珍写于本时期的文章来看，他对时事政治的深切关注以及强烈的改革意识，已经不是家学和时代学风所能囿限了。

从二十八岁到五十岁去世，是龚自珍人生的第三个阶段，也是他思想的成熟期。

嘉庆二十四年（1819），二十八岁的龚自珍从著名今文经学家刘逢禄学习《春秋》公羊学。今文学派治经精神是轻古经而重时政，主张从《春秋》找微言大义，以抒发对当代政治现实的看法。这一点引起了龚自珍的浓厚兴趣。这一段的学习，无疑大大推进了他学术思想的成熟，从此他自觉地以今文经学思想为本，通过谈经论史指摘时弊，宣传变革，开创了近代“经世致用”之学。嘉庆二十五年（1820），龚自珍以举人任内阁中书职。道光九年（1829），龚自珍第六次参加会试，始中进士。殿试对策，他从政教、用人、治水、治边等方面提出自己的主张，其精神大致效法王安石《上仁宗皇帝言事书》

(见《己亥杂诗》第44首自注),具有鲜明的改革色彩,引起震动。随后的朝考,撰《御试安边绥远疏》,以刚刚平息不久的新疆张格尔叛乱为例,直言不讳地提出“以边安边”“足食足兵”的主张,令阅卷诸公大惊,终于借口“楷法不中程”,不列为优等(见吴昌绶《定盦先生年谱》)。因此,直到道光十五年(1835),龚自珍才由内阁中书迁宗人府主事;两年后补主客司主事,但仍旧是冷署闲曹之职。本时期,龚自珍继续撰写许多著名文章,提出一系列改革建议,如《西域置行省议》《东南罢番舶议》《阮尚书年谱第一序》《送钦差大臣侯官林公序》《古史钩沉论》等等,从不同方面表明他对现实政治日益深刻的认识。道光十九年(1839),四十八岁的龚自珍深感自己因力主革新而“动触时忌”,终于以父亲年老等借口,辞官南归。在归途中,他写出著名的大型组诗《己亥杂诗》以及著名散文《己亥六月重过扬州记》《病梅馆记》等。五十岁时(道光二十一年,1841),龚自珍暴卒于丹阳云阳书院,时为鸦片战争的第二年。

在中国近代思想家中,龚自珍的可贵之处在于他能看出时将大变的必然。梁启超说:“举国方沉酣太平,而彼辈(指龚自珍、魏源)若不胜其忧危,恒相与指天画地,规天下大计。”(梁启超《清代学术概论》)龚自珍不止一次地指出,封建国家已经到了“日之将夕,悲风骤至”的“衰世”(《尊隐》)。而昏庸、腐败到麻木无知的统治者们还在做着太平美梦——“秋气不惊堂内燕,夕阳还恋路旁鸦”(《逆旅题壁,次周伯恬原韵》)。龚自珍敏感地觉察到这种病态心理的可怕,从而大声疾呼:“一祖之法无不敝,千夫之议无不靡,与其赠来者以劲改革,孰若自改革!”(《乙丙之际著议第七》)基于强烈的危机感和改革意识，龚自珍对封建社会的各方面作了广泛的批判，同时积极地提出不少“更法”的主张。在《明良论》《乙丙之际著议》等文章中，他深刻地揭露了朝廷官吏的因循守旧与无能、自私，从而暴露出整个统治机器的运转失灵。龚自珍认为，国家的衰败最严重的莫过于人才匮乏。大批无德无能之人久居高位，以及当时选官任人论资排辈的做法，严重地压抑了人材的成长。他的《上大学士书》指出“自古及今，法无不改”，要求改革内阁制度。道光十二年，又有手陈“当世急务八条”，其中之一就是“汰冗滥”（见《己亥杂诗》第 77 首及自注）。他还力主改革科举考试制度，“以收真才”（《拟厘正五事书》）。晚年所作的《病梅馆记》，更曲折地表达了对个性解放的强烈愿望，显示了对封建制度扼杀人才、摧残人性的抗争。

龚自珍对民生疾苦也多有揭露。早在嘉庆二十五年，他就指出：“自京师始，概乎四方，大抵富户变贫户，贫户变饿者。”（《西域置行省议》）其他如《己亥杂诗》“五都黍尺无人校，抢攘廛间一饱难”，反映民生凋敝；“国赋三升民一斗，屠牛那不胜栽禾”，反映赋税繁重，都能切中时弊。龚自珍还把注意力集中到封建社会里带根本性的土地问题上。在《平均篇》里，他指出土地兼并、贫富不均将会导致“丧天下”的危险局面，认为“有天下者，莫高于平之之尚也”，提出“均田”的改革方案。在后来的《农宗篇》，他又提出按宗法分田，主张“以中下齐民，不以上齐民”，建立以中小地主为基础的土地占有制。尽管这些设想未必尽善，但他能从土地问题看到造成社会动乱的基本原因，并对贫苦农民深致同情，这的确难能可贵。

对当时外国殖民主义的入侵，龚自珍表现了鲜明的爱国精神。

他的《西域置行省议》的出发点之一，就是针对沙俄的侵略。对当时英国殖民者的侵略野心，龚自珍更是早有觉察。道光三年的《阮尚书年谱第一序》里，他明确指出“近惟英夷，实乃巨诈，拒之则叩关，狎之则蠹国”，提醒国人警惕。鸦片战争前夕，林则徐南下禁烟，龚自珍又以《送钦差大臣侯官林公序》一文，向林则徐“献三种决定义，三种旁义，三种答难义，一种归墟义”，力主严禁鸦片，武装抵抗英国侵略者，同时驳斥投降派的种种谬论。

龚自珍的治学态度严谨而注重实际。这也得益于早年家学的熏染和后来对今文经学的探求。他撰写的《尊史》一文，进一步阐发前辈学者章学诚“六经皆史”的观点，强调史官的重要，并以当代史官即历史家自任，实际上就是要使历史和现实政治(即“当今之务”)联系起来。他还不断扩大自己的研究范围。他曾以饱满的热情研究“天地东西南北之学”(吴昌绶《定盦先生年谱》)即地理学，特别致力于当代的典章制度和边疆民族地理，这些同样显示了他“经世致用”的学术特色。

不过，作为时代的先觉者，龚自珍的苦闷也是巨大的。他因思想敏锐、言论激烈，常常被守旧派视为“怪物”。而朋友亦常有不理解他的地方。他的好友，近代史上另一位著名的进步思想家魏源，就曾写信劝诫他：“近闻兄酒席谭论，尚有未能择言者，有未能择人者。夫促膝之言，与广廷异；密友之争，与酬酢异。苟不择地而施，则于明哲保身之义，深恐有失。不但德性之疵而已。承吾兄教爱，不啻手足，故率而诤之。然此事要须痛自惩创，不然结习非一日可改，酒狂非醒后所及悔也。”[1]纵观龚自珍一生，科场仕途的坎坷，社会上层的排斥，周围人的不理解，所有这些，使他在不断抗争中始终无法摆脱孤独寂寞之感。在他的作品中，常常可以看到这种心境的记录：

春夜伤心坐画屏，不如放眼入青冥。
一山突起丘陵妒，万籁无言帝坐灵。
塞上似腾奇女气，江东久陨少微星。
平生不蓄湘累问，唤出姮娥诗与听。

——《夜坐》

少年击剑更吹箫，剑气箫心一例消。
谁分苍凉归棹后，万千哀乐集今朝。

——《己亥杂诗》

怨去吹箫，狂来说剑，以至选色谈空，都是他试图摆脱苦闷的寄托——“何日冥鸿踪迹遂，美人经卷葬年华。”（《逆旅题壁，次周伯恬原韵》）龚自珍早年曾有过学佛的经历，晚年辞官后，对佛教更加笃信。不过，就在他突然去世的前几日，他还写信给友人江苏巡抚梁章钜说：“论时事，并约即日解馆来访，稍助筹笔。”（见梁章钜《师友集》卷六）这说明龚自珍始终不曾忘怀时事政治。

在文学上，龚自珍同样有引人注目的成就。他的散文，或以经

---

①《魏源集》第 925 页，中华书局 1983 年版。

术作政论，或记闻见以托深思，充分表现对当世的清醒认识和对未来的执着追求。他的《明良论》《乙丙之际著议》等文，感时代之将变，发为危言深论，使人读之，无不“若受电然”(梁启超《清代学术概论》)，具有振聋发聩的力量。《尊隐》《京师乐籍说》等，则于议论中显示出抒情色彩。《捕蜮》《病梅馆记》等寓言性小品，巧于立意，极具讽刺意味。人物记如《记王隐君》《书叶机》《书金伶》等，取材于普通平民，人物性格鲜明，读来生动感人。记山水、名胜的《说京师翠微山》《己亥六月重过扬州记》等，喜用曲笔见意，皆有独到之处。总的说，在艺术风格方面，似可看到周秦散文对龚文的影响，不过龚文的形式更自由，感情更奔放，立意新巧，辞汇丰富，句式多变，给人以诙诡谲怪、踔厉风发的印象。特别是他善于将形象描写与政论相结合，巧妙运用寓言形式或象征笔法，促成政论文、学术文的艺术化倾向，对近代“新文体”的出现，有一定影响。

龚自珍创作了许多优秀的诗篇。他的诗今存约六百多首，大多是中年以后的作品。其中《夜坐》《梦中作四截句》《咏史》《秋心三首》《西郊落花歌》，长诗《能令公少年行》《汉朝儒生行》等，都是脍炙人口的名作。著名的《己亥杂诗》，共三百十五首，全为七言绝句，是他晚年辞官离京，一路上因事即兴而写成的。主要有两大类：一类是记述旅途中的交游、见闻和感受，其中表现作者对国事的关心和对朝政的抨击；一类是对生平往事的回忆，其中对个人一生治学道路的回顾，客观上反映出当时知识界思潮暗转，由恪守乾嘉考据学走向近代改良主义的艰难历程，尤具史料价值。这两类诗有机交织，合成一部完整统一的大型组诗，既具有自传诗的特点，又可作为一部生动的旅行日记来读。龚诗艺术上的成功之处在于能将政论、抒情和艺术形象相统一。龚自珍虽然好以政论作诗，但很少流于抽象议论。丰富奇异的想象、生动有力的形象，以及清奇多彩的语言当是其成功的重要原因。像“叱起海红帘底月，四厢花影怒于潮”(《梦中作四截句》)；“落红不是无情物，化作春泥更护花”(《己亥杂诗》)；“如钱塘潮夜澎湃，如昆阳战晨披靡，如八万四千天女洗脸罢，齐向此地倾胭脂”(《西郊落花歌》)，都是极好的例子。龚自珍在《最录李白集》文曾说过：“庄、屈实二，不可以并，并之以为心，自白始。儒、仙、侠实三，不可以合，合之以为气，又自白始也。”其实，这也是龚自珍诗歌的特点。无怪前人说他的诗“奇境独辟”“为近代别开生面”(林昌彝《射鹰楼诗话》卷十)。

龚集传世的版本很多。最初有《定盦文集》三卷、《余集》一卷、附《少作》一卷，系道光三年自刻本。《己亥杂诗》亦有道光十九年自刻本。龚去世后第二年，魏源辑《定盦文录》十二卷；又合考证、杂著、诗词十二卷为《定盦外录》[1]，均无刻本。后有《定盦文集》三卷，《续集》四卷，为同治七年吴煦刻本。宣统元年，邃汉斋校订、时中书局排印的《校订定盦全集》共十卷。1959 年王佩诤校订、中华书局上海编辑所出版的《龚自珍全集》，即参照邃汉斋校订本编例，分为十一辑。前八辑为文，九、十辑为诗，十一辑为词。本书所选原文即依据这个本子。

龚自珍生平不收门弟子，晚年作诗称：“一事平生无齮龁，但开

---

①《定盦文录叙》，见《魏源集》第 238 页，中华书局 1983 年版。

风气不为师。”(《己亥杂诗》)然而正如后人所指出:“近数十年来,士大夫诵史鉴,考掌故,慷慨论天下事,其风气实定公开之。”①今天,有谁能否认他在中国近代史上的这一地位呢?

在本书的撰写过程中,郁贤皓与王立兴两位先生曾给予精心指导与帮助,笔者谨在此深致谢意。

朱邦蔚

关道雄(美国加州大学圣塔芭芭拉分校东亚语言文化系)

① 孙文光、王世芸编《龚自珍研究资料集》第174页,黄山书社1984年版。

文

乙丙之际著议第七

龚自珍在本文借夏、商、周三代兴亡更替的史实，说明任何朝代的灭亡，都是由于死守祖宗成法、反对改革的结果，而每一个新兴王朝，都是借鉴旧王朝的灭亡并施行改革而崛起的。对此，他在宋代改革家王安石的“天变不足畏，祖宗不足法，人言不足恤”的思想基础上，进一步大胆提出：“一祖之法无不敝，千夫之议无不靡”的进步历史观点，大声疾呼改革图强。这正是作者面对清王朝“衰世”现实而发出的警告。当然，龚自珍并不希望改朝换代，而是希望当朝统治者从三代更替和本朝兴起的历史中得到启发，掌握“万亿年不夷之道”，进行“自改革”，扭转衰败的局面，以长久维持其一姓天下。这是封建时代文人的思想局限。

夏之既夷①，豫假夫商所以兴②，夏不假六百年矣乎？商之既夷，豫假夫周所以兴，商不假八百年矣乎？无八百年不夷之天下，天下有万亿年不夷之道③。然而十年而夷，五十年而夷，则以拘一祖之法，惮千夫之议，听其自陊④，以俟踵兴者

之改图尔[5]。

一祖之法无不敝，千夫之议无不靡[6]，与其赠来者以劲改革[7]，孰若自改革？抑思我祖所以兴，岂非革前代之败耶？前代所以兴，又非革前代之败耶？

何莽然其不一姓也[8]？天何必不乐一姓耶？鬼何必不享一姓耶[9]？奋之！奋之！将败则豫师来姓，又将败则豫师来姓。《易》曰："穷则变，变则通，通则久。"[10]非为黄帝以来六、七姓括言之也[11]，为一姓劝豫也[12]。

---

① 既：已经。夷：灭亡。 ② 豫：同"预"。假：借，给。 ③ 道：规律，事理。 ④ 陊(duò)：通"堕"，败。 ⑤ 俟(sì)：等待。踵兴者：后来兴起的力量。踵，跟随，随后。 ⑥ 靡：敝，败坏。 ⑦ 劲：强力。 ⑧ 莽然：草木生长茂密的样子，这里引申为繁多。 ⑨ 享：指鬼神接受祭祀。 ⑩ 语见《周易·系辞下》。 ⑪ 黄帝以来六、七姓：指黄帝以下的颛顼(zhuān xū)、帝喾(kù)、尧、舜和夏、商、周。 ⑫ 豫：告诫。

翻译

夏王朝的灭亡，就预先给商王朝的兴盛提供了借鉴，夏朝不是给商朝借鉴了六百年吗？商王朝的灭亡，又预先给周王朝的兴盛提供了借鉴，商朝不是给周朝借鉴了八百年吗？没有一个能够延续八百年而不灭亡的王朝，天下却有万亿年不消亡的法则。但是有的王朝十年而灭亡，有的五十年而灭亡，则因为拘守祖宗陈旧的法令制度，害怕朝野上下抵制改革，听任祖法自行败落，而等待继起的王朝来改革图治罢了。

祖宗制定的法令制度到了一定的时候没有不败坏的，朝野上下抵制改革的意见也终将消亡。与其将天下赠给后来的王朝开创者以强行改革，何如自己进行改革？试想我清朝始祖之所以兴起得天下，难道不是因为革除了前一个朝代的腐败吗？前一个朝代所以兴起得天下，又不是因为革除了更前一个朝代的腐败吗？

为什么王朝纷纷地更替不让一姓永久延续呢？天为什么就一定不乐意一姓王朝来统治呢？鬼神为什么就一定不享用一姓王朝的祭祀呢？奋发呀！奋发呀！将要衰败时就要预先效法即将代己而兴的异姓统治者改革图治，又将衰败时又要预先学习未来新兴的异姓统治者的长处。《易经》说："行不通，就要变革，变革就通，通就长久。"这并不是为黄帝以下的六七个朝代更替概括而说的，而是为一姓王朝劝豫告诫。

乙丙之际著议第九

在本文中，龚自珍以激烈和尖刻的语言，揭露了封建社会衰世的黑暗和丑恶。他认为，盛世、衰世、乱世的区别，都以人材的情况来定。衰世时代，人才几绝。统治者用种种阴险手段摧残、扼杀人们的思想、才能，使整个社会陷于麻木状态，以便于他们的统治。然而，这种状况正造成了巨大的社会隐患。作者形象地把忧患重重的封建衰世比作人的慢性痼疾和将要凋谢的花朵，发出了“乱亦竟不远矣”的惊呼，指出社会大乱即将降临，也由此向统治者敲响警钟，希望他们学习三代君主的圣明，要根据时世的变化改革政治，要慎于用人。龚自珍把人材问题作为衡量社会治乱的主要标准，当然是唯心史观，但他把人材问题作为反映社会治乱的镜子，这在当时有很大的积极意义。

吾闻深于《春秋》者[①]，其论史也，曰：书契以降，世有三等[②]。三等之世，皆观其才；才之差，治世为一等，乱世为一等，衰世别为一等。

衰世者，文类治世，名类治世，声音笑貌类治

世。黑白杂而五色可废也[3]，似治世之太素[4]；宫羽淆而五声可铄也[5]，似治世之希声[6]；道路荒而畔岸隳也[7]，似治世之荡荡便便[8]；人心混混而无口过也，似治世之不议[9]。左无才相，右无才史，阃无才将[10]，庠序无才士，陇无才民[11]，廛无才工[12]，衢无才商[13]，抑巷无才偷，市无才驵[14]，薮泽无才盗，则非但鲜君子也，抑小人甚鲜。

当彼其世也，而才士与才民出，则百不才督之缚之，以至于戮之[15]。戮之非刀、非锯、非水火；文亦戮之，名亦戮之，声音笑貌亦戮之。戮之权不告于君，不告于大夫，不宣于司市[16]，君大夫亦不任受[17]。其法亦不及要领[18]，徒戮其心，戮其能忧心、能愤心、能思虑心、能作为心、能有廉耻心、能无渣滓心。又非一日而戮之，乃以渐，或三岁而戮之，十年而戮之，百年而戮之。才者自度将见戮，则早夜号以求治。求治而不得，悖悍者则早夜号以求乱[19]。夫悖且悍，且睊然眮然以思世之一便已[20]，才不可问矣，向之伦聴有辞矣[21]。然而起视其世，乱亦竟不远矣。

是故智者受三千年史氏之书[22]，则能以良史之忧忧天下[23]，忧不才而庸，如其忧才而悖；忧不才

而众怜，如其忧才而众畏。履霜之屩[24]，寒于坚冰。未雨之鸟，戚于飘摇。痹痨之疾[25]，殆于痈疽[26]。将萎之华，惨于槁木。三代神圣，不忍薄谲士勇夫而厚豢驽羸[27]，探世变也，圣之至也。

---

① 深于：指研究很深的意思。《春秋》：我国古代的一部编年体史书，相传由孔子据鲁史修订而成。后被尊为儒家经典之一。 ② 书契：指文字。古人把文字刻在甲骨、竹简或木片上，叫作书契。世有三等：公羊学派解释《春秋》有所谓"三世说"，见《公羊传·隐公元年》何休注。 ③ 五色：青、赤、黄、白、黑为五色。古人把五色作为正色，其他为间(杂)色。 ④ 太素：质朴无华。 ⑤ 宫羽：我国古代五声音阶的名称。五声音阶是宫、商、角、徵(zhǐ)、羽。这里的宫、羽泛指声歌、音乐。铄：消熔。 ⑥ 希声：《老子》："大器晚成，大音希声。"此处用典。 ⑦ 畔岸：田地、江湖的界限。隳(huī)：毁坏。⑧ 荡荡便便：《尚书·尧典》："无偏无党，王道荡荡，无党无偏，王道平平。"此处用典。便便，通平平。形容王道正直。 ⑨ 口过：言语失当。《孝经》：言满天下无口过。 ⑩ 阃(kǔn)：原意是门槛，引申指国门，这里指阃外、边疆。 ⑪ 陇：田地。 ⑫ 廛(chán)：街市房屋，店铺。 ⑬ 衢(qú)：通衢，四通八达的大路。 ⑭ 驵(zǎng)：市场经纪人，掮客。 ⑮ 戮：杀害，摧残。 ⑯ 司：有司，政府机构。市：闹市。 ⑰ 任受：任命和受权，这里指不管不问。 ⑱ 要：同"腰"。领：颈，脖子。 ⑲ 悖：违反、叛逆。悍：强悍。 ⑳ 睊(juàn)

然眮(tóng)然：侧目怒视的样子。睊，侧视。眮，怒视。 ㉑ 向之伦：以前的那一伙人，此指“百不才者”。惖：疑即“聒(guō)”，声音嘈杂。 ㉒ 史氏之书：史书。史氏，史官。 ㉓ 良史：指如实记录历史的正直的史官。 ㉔ 履(lǚ)：走。屩(juē)：草鞋。 ㉕ 痺(bì)痨：风湿痨病。 ㉖ 殆：危险。痈疽：毒疮。 ㉗ 薄：轻视、鄙薄。谲(jué)士：权诈之士或怪异之才。驽羸(léi)：瘦劣的马，这里指无能懦弱的人。

翻译

我听精通《春秋》的人议论历史，他们说：自从有文字记载以来，人类社会就分为三个时代。这三个时代的划分，都是观察人材的不同情况来定。根据人材的差别，治世是一等，乱世是一等，衰世另是一等。

所谓衰世，文辞像治世，名声像治世，言谈容态也像治世。黑白相杂而正色废弃，变得昏暗无色，却像治世那样质朴无华；音律混乱而声调不正，变得沉寂无声，却像治世那样平静而只有细微的声音；道路荒废、田界毁坏，却像治世那样太平正直；人们糊糊涂涂地过日子，无所思虑，不可能有言语的过失，却像治世时那样对时政没有非议。朝廷上左边没有雄才大略的宰相，右边没有才能杰出的史官，边疆没有治军卓越的将领，学校没有才华出众的读书人，田野间没有善于耕种的农夫，集市上没有手艺出色的工匠，大街上没有精明生意的商人，甚至小巷里也不见偷技高超的窃贼，市场上没有精明过人的掮客，丛林沼泽间没有精于抢劫的强盗，不但有才能的君子少，就是有歪才的小人也很少。

在那衰世的时代，只要有才能的读书人和平民一出现，就会有许多无才的人来监视他们、束缚他们，甚至于杀害他们。杀害他们不是用刀、不是用锯、不是用水火；而是用文章杀害他们，用名誉杀害他们，用言谈表情杀害他们。这些残害他们的权力不必向君主、大夫报告，不必在政权机关和社会上宣布，君主和大夫也不管不问。这种方法不用腰斩、杀头，只是戕害和摧残他们的精神，摧残他们能忧国忧民的精神、能发愤图强的精神、善于思考的精神、能有作为的精神、能有廉耻的精神、能摒弃污秽杂质而保持纯洁的精神。而且不是拿一天的时间来摧残，是用慢慢摧残的方法，有的三年摧残尽，有的十年摧残尽，有的百年摧残尽。有才能的人自己估计将要被摧残，就昼夜大声疾呼，谋求政治清明。谋求政治清明办不到，性格反叛强悍的人就日夜大声疾呼，谋求社会动乱。那些反叛强悍的人，侧目怒视着盼望时世能有利于自己，这样的才能就不可问了，于是前面说的那些无才之辈又哇哇乱叫振振有辞了。但是起来看看这样的时世，动乱也终究不远了。

所以，有见识的人读了历代的史书，就能怀着良史的忧虑来为天下担忧，他们担忧无才的人庸碌无为，就像担心有才的人竟敢反叛一样；他们忧虑人无才却受到众人的爱惜，就像担心人有才又使得众人畏惧一样。穿着草鞋踩在严霜上，感到比坚冰更寒冷;风雨来临之前的鸟儿,比在风雨飘摇中更哀愁;得了风湿痨病的人,比患有致命的毒疮更危险;将要凋谢的花朵,比已经干枯的树木更悲惨。夏、商、周三代圣明的君主,不忍心轻视薄待怪异之才和勇敢的人而厚待豢养那些无能懦弱的人,之所以不忍心是因为他们洞察到社会变化的原因,这正是最明智的啊。

明良论三

《明良论》是龚自珍写的一组有代表性的政治论文，共四篇，写成于嘉庆十九年(1814)，作者当时二十三岁。明良，指明君与良臣，取意于《尚书·益稷》"元首明哉，股肱良哉"语。作者用此为题，深刻地剖析了封建专制制度下的君臣关系、朝廷风气，以及吏治、科举、用人方面的种种弊端，力呼"更法""改图"，表现出强烈的现实危机感和变法革新的迫切要求。《明良论三》对比上古典籍中记载的考核、提拔官吏的办法，集中抨击清王朝的官僚制度，激愤地指出，在选用人才上，论资排辈、循资晋升，造成了年复一年的昏官庸官充斥、"英奇"之士不得脱颖而出的恶性循环，是"办事者所以日不足之根原"。

敷奏而明试[①]，吾闻之乎唐、虞；书贤而计廉[②]，吾闻之乎成周[③]。累日以为劳[④]，计岁以为阶，前史谓之停年之格[⑤]。吾不知其始萌芽何帝之世，大都三代以后可知也。

今之士进身之日[⑥]，或年二十至四十不等，依

中计之，以三十为断[7]。翰林至荣之选也[8]，然自庶吉士至尚书[9]，大抵须三十年或三十五年，至大学士又十年而弱[10]。非翰林出身，例不得至大学士。而凡满州、汉人之仕宦者，大抵由其始宦之日，凡三十五年而至一品，极速亦三十年。贤智者终不得越，而愚不肖者亦得以驯而到[11]。此今日用人论资格之大略也。

夫自三十进身，以至于为宰辅[12]，为一品大臣，其齿发固已老矣[13]，精神固已惫矣[14]，虽有耆寿之德[15]，老成之典型[16]，亦足以示新进；然而因阅历而审顾，因审顾而退葸[17]，因退葸而尸玩[18]，仕久而恋其籍[19]，年高而顾其子孙，傫然终日[20]，不肯自请去。或有故而去矣，而英奇未尽之士，亦卒不得起而相代。此办事者所以日不足之根原也。

城东谚曰："新官忙碌石骇子[21]，旧官快活石师子。"盖言夫资格未深之人，虽勤苦甚至，岂能冀甄拔[22]？而具形相向坐者数百年[23]，莫如柱外石师子，论资当最高也。如是而欲勇往者知劝[24]，玩恋者知惩，中材绝侥幸之心，智勇苏束缚之怨[25]，岂不难矣！至于建大猷[26]，白大事[27]，则宜乎更绝

无人也。其资浅者曰：我积俸以俟时，安静以守格，虽有迟疾，苟过中寿[28]，亦冀终得尚书、侍郎。奈何资格未至，哓哓然以自丧其官为[29]？其资深者曰：我既积俸以俟之，安静以守之，久久而危致乎是。奈何忘其积累之苦，而哓哓然以自负其岁月为？其始也，犹稍稍感慨激昂，思自表见；一限以资格，此士大夫所以尽奄然而无有生气者也。当今之弊，亦或出于此，此不可不为变通者也。

---

① 敷奏：臣子向君主铺陈进奏政见。明试：君主对臣子考核明察。语出《尚书·舜典》："敷奏以言，明试以功。" ② 书贤：把贤能的官吏记录下来。相传周代每三年对官吏进行一次考核，量才升迁。见《周礼·地官》。计廉：考察官吏是否廉明公正。相传周代用"六廉"(廉善、廉能、廉敬、廉正、廉法、廉辨)标准来考核官吏。见《周礼·天官》。 ③ 成周：古地名，周公辅助成王时建都的地方，在今河南洛阳附近。后来用以代指周朝。 ④ 累日：积累起时日。 ⑤ 停年之格：即停年格。北魏孝明帝时建立的一种选官制度，即以年限和资格作为升官的依据。 ⑥ 进身：一般指取得功名，开始做官。⑦ 为断：作为界线、标准。 ⑧ 翰林：官名，供职翰林院官员的统称。清代新取进士经过朝廷考试被选入翰林院的称为翰林。⑨ 庶吉士：被选入翰林院庶常馆学习的新科进士称庶吉士，亦称翰

林。尚书：官名。隋唐以后各朝代中央行政机构尚书省分吏、户、礼、兵、刑、工六部，各部最高长官称为尚书，副长官称为侍郎。⑩ 大学士：官名。清代大学士为一品官，是文官的最高职位。⑪ 驯：渐进。 ⑫ 宰辅：辅佐皇帝治理朝廷的大臣，一般称宰相。⑬ 齿发：这里引申为年纪。 ⑭ 惫(bèi)：疲乏，萎靡不振。 ⑮ 耆(qí)寿：年老有才德的人。 ⑯ 老成：年高有德，经验丰富。 ⑰ 退葸(xǐ)：退缩、畏惧。 ⑱ 尸玩：空居其位，玩忽职守，无所事事。⑲ 籍：指官员名册，引申为官职、职位。 ⑳ 傫(lěi)然：颓丧的样子。 ㉑ 石骙(ái)子：碾压谷物用的石磙子。 ㉒ 甄拔：甄别挑选，加以提拔。 ㉓ 具形：空有形体而无灵魂。 ㉔ 劝：勉励。㉕ 苏：苏醒，这里作消除解。 ㉖ 大猷(yóu)：治国大计。猷，谋略。㉗ 白：陈述。 ㉘ 中寿：一般指六十岁。 ㉙ 哓哓(xiāo)然：乱叫乱嚷的样子。

翻译

听取臣子报告任职情况，再明察考核实际政绩，我听说唐尧虞舜时是这样做的。记下贤能的人，考核官吏是否廉洁公正，我听说周代是这样做的。积累时日作为功劳，用计算年限作为晋升的凭据，前代史书把这种选官制度称作“停年之格”。我不知道它最初产生于哪位帝王的时代，大概是夏、商、周三代以后，这是可以肯定的。

当今的读书人开始进入官场时，大致年龄在二十到四十岁之间不等，按中间计算，取三十岁作为标准。被选入翰林院是最荣耀的，但是从翰林院庶吉士升到尚书，差不多要三十年到三十五年；升到大学士又要将近十年。没有翰林资历的人，按例不能升为大学士。于是所有满族、汉族投身官场的人，大概从他们开始做官的那天起，总共要熬三十五年才能升到一品官，最快的也要三十年。有德有才的人始终不能越级提升，而无才无德的人倒也能够慢慢地挨着次序晋升上去。这就是今天论资格用人的大概情况了。

从三十岁进入官场，直到当上宰相，成为一品大臣，年纪必然已经老了，精神必然已经衰疲了，虽然有年长者的德行，是丰富经验的模范，也完全可以给新官作榜样；然而因为阅历深而谨小慎微，因为谨小慎微而退缩怕事，因为退缩怕事而空居高位玩忽职守。官做久了而留恋官位，年高而想要照顾子孙前途，整天昏昏沉沉混日子，却不肯自己辞去官职。有的人因故去职了，而那些有杰出才干还没能充分发挥的人，也终究不能被提拔起用从而代替庸碌老者。这就是当今办事的人一天比一天不足的根本原因。

京城东头的民谚说："新官忙碌得像石磙子，旧官快活得像石狮子。"这大概是说那些资格不深的人，即使勤劳辛苦至极，又怎能指望得到赏识提拔？而有模有样面对面坐上几百年不动的，谁也比不上门柱外面的石头狮子，论资格它们应当是最高的了。像这样而想要使勇往直前的人感到鼓舞、玩忽职守的人有所警戒、平庸的人杜绝侥幸的心理、有才干有作为的人消除受束缚的怨气，岂不是太困难了吗？至于在提出治国大计，陈述天下大事方面，则当然更加没人了。那些资格浅的人说：我积累起年资等日子，安静本分地守着老规矩。即使有慢有快，如果熬过了六十岁，也有希望最终当上尚书或侍郎，为什么在资格还没到的时候，就要吵吵嚷嚷以至自己把官职给弄丢呢？那些资格深的人说：我既然已经积累了年资在等待，安静本分地守候着，熬了这么久而艰危地得到今天的职位，为什么要忘掉那些时光的辛苦，而去吵吵嚷嚷，以至丢掉高官，辜负了以前的岁月呢？本来人们开始做官时，还有些感慨激昂的精神，想要表现自己的才干；一概用资历加以限制，这就是士大夫们所以全都死气沉沉而毫无生气的原因。当今的弊病，也许就出在这里，这就是不可不变革的原因啊！

明良论四

在这篇文章中，龚自珍以古代传说中的“神技”为喻，进一步抨击了清王朝君主集权制度对人和人才的束缚与扼杀。他认为，最高统治者用种种烦琐的法令条例约束、牵制百官，却不想到要发挥他们的能力。这样只能助长因循守旧、谨小慎微、苟且偷安之风，导致朝政腐败，民心浮动。文中建议朝廷“删弃文法，捐除科条，裁损吏议”，并大胆地提出了以君臣共治天下来代替君主集权的主张，要求君主在大臣们履行职责时不要过多地加以干涉。这些观点表现出某种新的思想色彩。

庖丁之解牛[①]，伯牙之操琴[②]，羿之发羽[③]，僚之弄丸[④]，古之所谓神技也。戒庖丁之刀曰：多一割亦笞汝，少一割亦笞汝；韧伯牙之弦曰[⑤]：汝今日必志于山，而勿水之思也；矫羿之弓，捉僚之丸曰：东顾勿西逐，西顾勿东逐；则四子者皆病。

人有疥癣之疾[⑥]，则终日抑搔之，其疮痏[⑦]，则日夜抚摩之，犹惧未艾[⑧]，手欲勿动不可得。而乃卧之以独木，缚之以长绳，俾四肢不可以屈伸，

则虽甚痒且甚痛，而亦冥心息虑以置之耳。何也？无所措术故也。

律令者，吏胥之所守也[9]；政道者，天子与百官之所图也[10]。守律令而不敢变，吏胥之所以侍立而体卑也[11]。行政道而惟吾意所欲为，天子百官之所以南面而权尊也[12]。为天子者，训迪其百官，使之共治吾天下，但责之以治天下之效，不必问其若之何而以为治，故唐、虞三代之天下无不治；治天下之书，莫尚于六经[13]，六经所言，皆举其理、明其意，而一切琐屑牵制之术，无一字之存，可数端瞭也。

约束之，羁縻之[14]，朝廷一二品之大臣，朝见而免冠，夕见而免冠，议处、察议之谕不绝于邸钞[15]。部臣工于综核，吏部之议群臣[16]，都察院之议吏部也[17]，靡月不有。府州县官，左顾则罚俸至，右顾则降级至，左右顾则革职至，大抵逆亿于所未然[18]，而又绝不斠画其所已然[19]。其不罚不议者，例之所得行者，虽亦自有体要，然行之无大损大益。盛世所以期诸臣之意，果尽于是乎？恐后之有识者，谓率天下之大臣群臣，而责之以吏胥之行也。一越乎是，则议处之，察议之，官司之命，且倒悬于吏胥之手[20]。彼上下其手[21]，以处夫群臣之不合乎吏胥者，以为例如是，则虽天子之尊，不能与易，而群臣果相戒以勿为官司之所为矣。

夫聚大臣群臣而为吏，又使吏得以操切大臣群臣，虽圣如仲尼[22]，才如管夷吾[23]，直如史鱼[24]，忠如诸葛亮[25]，犹不能以一日善其所为，而况以本无性情、本无学术之侪辈耶[26]？伏见今督、抚、司、道[27]，虽无大贤之才，然奉公守法畏罪，亦云至矣，蔑以加矣！使奉公守法畏罪而遽可为治[28]，何以今之天下尚有几微之未及于古也[29]？天下无巨细，一束之于不可破之例，则虽以总督之尊，而实不能以行一谋、专一事。夫乾纲贵裁断[30]，不贵端拱无为，亦论之似者也。然圣天子亦总其大端而已矣。至于内外大臣之权，殆亦不可以不重。权不重则气不振，气不振则偷，偷则敝。权不重则民不畏，不畏则狎[31]，狎则变。待其敝且变，而急思所以救之，恐异日之破坏条例，将有甚焉者矣。

古之时，守、令皆得以专戮，不告大官；大官得以自除辟吏[32]。此其流弊，虽不可胜言，然而圣智在上，今日虽略仿古法而行之，未至擅威福也。

仿古法以行之，正以救今日束缚之病。矫之而不过，且无病，奈之何不思更法，琐琐焉，屑屑焉，惟此之是行而不虞其陊也[33]？圣天子赫然有意千载一时之治[34]，删弃文法，捐除科条，裁损吏议，亲总其大纲大纪，以进退一世，而又命大臣以所当为，端群臣以所当从。内外臣工有大罪，则以乾断诛之，其小故则宥之，而勿苛细以绳其身。将见堂廉之地[35]，所图者大，所议者远，所望者深，使天下后世，谓此盛世君臣之所有为，乃莫非盛德大业，而必非吏胥之私智所得而仰窥[36]。则万万世屹立不败之谋，实定于此。

---

① 庖(páo)丁：厨师。相传战国时魏国有一位宰牛技术十分高超的厨工，事见《庄子·养生主》。解：肢解。 ② 伯牙：俞伯牙，春秋时人，善弹琴，传说他能用琴声表达出自己向往高山流水的感情。事见《列子·汤问》。 ③ 羿(yì)：相传是尧时著名的射手。事见《淮南子·本经训》。 ④ 僚：熊宜僚，春秋时楚国勇士，善于弄丸。见《庄子·徐无鬼》。弄丸：古代的一种杂技，双手同时抛接数丸，不使落地。 ⑤ 韧：指用手拉住。 ⑥ 疥癣：疥疮与癣。 ⑦ 疮痏(wěi)：创伤。 ⑧ 艾：停止。 ⑨ 吏胥：官府中管文书的小吏。 ⑩ 百官：指朝廷中的大臣们。 ⑪ 侍立：站在一旁侍候长官。

⑫ 南面：面向南。古代以面向南为尊位，皇帝坐朝，大官坐堂，都是面向南。 ⑬ 六经：儒家的六部经典著作，即《诗》《书》《易》《礼》《乐》《春秋》，其中《乐》已佚失。 ⑭ 羁縻（jī mí）：束缚牵制。⑮ 议处、察议：清朝制度，官吏有过，交吏部议定处分，重的叫议处，轻的叫察议。邸（dǐ）钞：邸报，用来传达朝廷政事的官报。 ⑯ 吏部：隋唐以后中央行政机构尚书省六部之一，主管官吏的考核、升迁等。 ⑰ 都察院：明、清两代的中央监察机关，相当于汉至唐宋时的御史台。 ⑱ 逆亿：事先主观猜测别人欺诈不正。亿，通"臆"。⑲ 斠（jiào）画：校核。 ⑳ 倒悬：倒挂。 ㉑ 上下其手：指玩弄手段，枉法作弊。 ㉒ 仲尼：孔子，名丘，字仲尼。儒家尊为圣人。㉓ 管夷吾：管仲，名夷吾，春秋时齐国名相，以有才能著称。 ㉔ 史鱼：也作史鰌（qiū）、史鳅，字子鱼，春秋时卫国的大夫，以直谏著名。㉕ 诸葛亮：字孔明，三国时蜀汉的丞相，谥忠武。 ㉖ 侪（chái）辈：一类的人。 ㉗ 伏：下对上的谦词。督：总督，为外省最高长官，位在巡抚之上。总辖一省或数省军政大权的最高长官。抚：巡抚，总揽一省军政的长官，位仅次于总督。司：指巡抚属下的布政使司（管民政、财政的长官）和按察使司（管司法的长官）。道：清代省和州府之间所设置的监察区，长官为道员，初由布政司、按察司佐官兼领，管辖若干州、府。 ㉘ 遽（jù）：就。 ㉙ 几（jī）微：细微。 ㉚ 乾纲：指君权。 ㉛ 狎：态度轻慢。 ㉜ 除：任命，授职。辟（bì）：征召。 ㉝ 虞（yú）：忧虞。陊（duò）：通"堕"，衰败。 ㉞ 赫然：声威盛大的样子。这里形容决心很大。 ㉟ 堂廉：堂的四侧。这里指皇帝和大臣议政的地方。 ㊱ 私智：个人短浅狭隘的见识。

翻译

庖丁宰牛，伯牙弹琴，后羿射箭，熊宜僚弄丸，这些是古代传说的神技。如果警告拿刀的庖丁说：多割一刀也要鞭打你，少割一刀也要鞭打你；强扭伯牙的琴弦说：你今天的弹奏，一定要把感情寄托在高山上，而不要想着流水；强扳后羿的弓，握住熊宜僚的丸说：向东看就不准向西追逐目标，向西看就不准向东追逐目标，这样的话，这四个人就都会困窘。

一个人生了疥癣一类的皮肤病，就会整天抓搔它，如果创伤破了皮，就会日夜抚摩它，即使这样还担心不止痒，想不动手是不可能的。然而拿一根独木叫他躺上去，用长绳子捆住他，使手脚不能伸缩，那么，即使是极痒而且极痛，也只好死了心不去想它，由它去了。为什么呢？是没有办法的缘故啊。

法律条令，是下级官吏们要遵守执行的；治国方针大计，是皇帝与大臣们要谋划的。奉守法律条令而不敢变更，是小官吏们只能侍立而卑躬屈膝的表现。掌握方针大计能按照自己的意志随心所欲地去做，是皇帝、大臣们地位尊贵和权力极大的表现。做皇帝的，领导启发他的大臣们，使他们跟自己一起治理国家，只对他们提出治理好国家的要求，不必过问他们怎样去治理，所以唐尧、虞舜、夏、商、周的天下都治理得很好；治理天下的书，没有高于六经的，六经上所说的，都是治国的大道理，并阐明它的意义，而一切琐碎的、束缚人的方法，连一个字也没有。从这几个方面看来，可以说是一目了然的。

约束百官，牵制百官，朝廷中一、二品的大官，清早见皇上要摘掉官帽请罪，傍晚见皇上也要摘掉官帽请罪，议处、察议官员的谕旨在朝廷官报上从不间断。各部官员只擅长于统计核算的琐事，吏部弹劾群臣，都察院弹劾吏部，没有一个月不发生这类事。各府、州、县的官员，向左一看罚薪的处分来了，向右一看降级的处分来了，向左右看革职的处分又来了，这些处分大都出于犯事之前的主观推断，而犯事后又绝不衡量其轻重乱加处置。那些不受处罚不受弹议的官员，那些按照条例得以自行其事的官员，即使他们有一些自己的主张，但是做起来对国家没有大损害也没有大好处。太平盛世对臣子们的期望，果真就只是这些了吗？恐怕后代有见识的人，会说皇上率领着全国的大小臣僚共治国家，却用文书小吏的办事标准去要求他们。一旦超出了这个界限，就会受到议处，受到察议，官员们的命运，将反过来掌握在文书小吏们的手里。那班人玩弄手段，来处罚群臣中不合小吏办事标准的官员，还认为条例应当如此，那么，即使凭着皇帝的权威，也不能改变这种情况，结果官员们也就真的相互告诫不要做官员职责上应做的事了。

把大小臣僚集中起来变成小吏，又使小吏们能够操纵他们，即使他们像仲尼那样的圣贤，像管夷吾那样的能干，像史鱼那样的耿直，像诸葛亮那样的忠诚，尚且没有一天能够充分发挥他们的作用，何况是靠本来就没有品德、没有学问的那班人呢？我看现在的总督、巡抚、司长官、道员等，虽然没有很大的德才，但是奉公守法害怕获罪，也可以说到了顶点，无以复加了！假使奉公守法害怕获罪就可以治理好国家，为什么如今天下总还有些细微之处不及古代呢？国家事情不管大小，全部被不可改变的条例束缚住，即使尊贵如总督，实际上也不能自主地施行任何一项计划，不得不瞻前顾后地办每一件事情。君权贵在独自决断大事，不应该拱手端坐，无所作为，这种说法似乎也是有道理的。然而圣明天子也不过是总掌最主要的国家大政罢了。至于朝廷内外大臣们的权力，恐怕也不可以不重。权不重气势就不壮，气势不壮就会苟且偷安，苟且偷安就会使政治败坏。权不重百姓就不畏惧，不畏惧就会轻视法令，轻视法令就会使社会动乱。等到国家政治败坏而且社会动乱时，才急忙想补救的办法，恐怕那时候破坏条例的情况，将会比预先改革更为严重了。

古时候，郡守县令都独操杀戮之权，不必向高级官员报告；高级官员有权自行委任选用官吏。这样做的弊端，即使有许许多多，但是有英明的皇帝在上面掌握，今天即使仿效古法去做，加重百官之权，也不至于让官员们滥用职权作威作福。仿效古法去做，正是为了救治今天束缚太多的弊病。矫枉而不过正，将没有害处，为什么不考虑变革旧法，仍推行这种烦琐细碎的条例而不担心国家的衰败呢？英明的皇帝如果毅然想要开创前无古人的太平治世，就应该删去烦琐的条文法令，废除束缚官员的陈规旧例，减少对官员的议处、察议，亲自掌握那些重大的纲领、法令，去驾驭当今天下，而同时又授予大臣以应有的权限，端正群臣所应当服从的事情。朝廷内外的官员们犯了大罪的，就以皇帝的权力处死他们，那些犯了小过失的就宽恕他们，不要苛刻地束缚他们的手脚。这样的话，将会看见在群臣议政的殿堂上，所谋划的都是重大的事情，所议论的都是长远的问题，所期望的都是深远的目标，使天下后世的人，说这些盛世君臣的所作所为，没有一件不是有着高尚德行的雄伟事业，而绝不是小吏们凭个人浅陋的才智所能揣度的。那么，国家千秋万世永远立于不败之地的方针大计，实在是取决于变法这个问题了。

尊史

作者一向重史，本文即论述史官的职务和重要作用。史官掌管国家的文献典籍，执行褒贬人事的职权，是社会的喉舌。“尊史”必先“尊心”，而“尊心”又在于“善出入”。就是说，史官既要能深入观察实际，熟悉社会和自然，掌握、识辨资料，又要有独立的见解，清醒识断，敢于写实。作者又提出“出乎史，入乎道，欲知大道，必先知史”的“大出入”的更高境界，把史与论、史与治有机结合，指出史为治服务。本文反映作者重客观的历史观，在清王朝思想禁锢政策下考据风盛行之际，是难能可贵的。本文以问答形式展开论述，语言简明形象，且比喻新奇生动，是艺术性很强的一篇议论杂文。

史之尊[①]，非其职语言、司谤誉之谓[②]，尊其心也。

心何如而尊？善入。何者善入？天下山川形势，人心风气，土所宜，姓所贵，皆知之；国之祖宗之令，下逮吏胥之所守，皆知之。其于言礼、言兵、言政、言狱、言掌故、言文体、言人贤

否，如其言家事，可谓入矣。又如何而尊？善出。何者善出？天下山川形势，人心风气，土所宜，姓所贵，国之祖宗之令，下逮吏胥之所守，皆有联事焉，皆非所专官。其于言礼、言兵、言政、言狱、言掌故、言文体、言人贤否，如优人在堂下[③]，号咷舞歌[④]，哀乐万千，堂上观者，肃然踞坐[⑤]，眄睐而指点焉[⑥]，可谓出矣。

不善入者，非实录[⑦]，垣外之耳，乌能治堂中之优也耶？则史之言，必有余呓[⑧]。不善出者，必无高情至论，优人哀乐万千，手口沸羹，彼岂复能自言其哀乐也耶？则史之言，必有余喘[⑨]。

是故欲为史，若为史之别子也者，毋呓毋喘，自尊其心。心尊，则其官尊矣；心尊，则其言尊矣。官尊言尊，则其人亦尊矣。尊之之所归宿如何？曰：乃又有所大出入焉。何者大出入？曰：出乎史，入乎道。欲知大道，必先为史。此非我所闻，乃刘向、班固之所闻[⑩]。向、固有征乎[⑪]？我征之曰：古有柱下史老聃[⑫]，卒为道家大宗。我无征也欤哉？

① 史：指史官。 ② 司：掌管，执行。 ③ 优人：古代对以乐舞戏谑为业的艺人的统称。 ④ 号咷(háo táo)：放声大哭，这里指放声呼号、歌唱。 ⑤ 踞坐：垂足而坐。 ⑥ 眄睐(miàn lài)：顾盼。这里指审视欣赏。 ⑦ 实录：据实记录，事无虚构。 ⑧ 余呓：多余的梦话，即胡说八道。 ⑨ 余喘：残喘。这里比喻有气无力。 ⑩ 刘向：西汉经学家、目录学家。曾校阅群书，撰有《别录》，为我国目录学之祖，已佚。后其子刘歆据此整理为分类书目《七略》。班固：东汉史学家，著有《汉书》。《汉书·艺文志》即当时的国家书目，根据刘氏《七略》编成。"刘向、班固之所闻"指《汉书·艺文志》的《诸子略》说的："道家者流，盖出于史官，历记成败存亡祸福古今之道，然后知秉要执本，清虚以自守，卑弱以自持，此君人南面之术也。"这就是上文所谓"欲知大道，必先为史"之意。 ⑪ 征：验证，证据。⑫ 柱下史：周、秦时代宫廷内的史官。老聃(dān)：即老子，道家学派的创始人。这里两句是作者以老子为周朝史官，职掌典籍，熟知古今成败治乱，最后成为道家宗主，作为出史入道之证。

翻译

史官之所以受尊重，并不是因为他们有掌管记录言行、执行褒贬人物的职权，而是尊重他们观察判断人和事的独立思想。

什么样的思想才能受到尊重呢？要善于"入"。什么是善于"入"呢？天下的山河形势，人的精神面貌、社会风气，土地适宜种植什么作物，有哪些高门大姓，他们都了解；从开国始祖所定、世代相传的法令，到下级小官吏的职守，他们都知道。他们议论礼制、军事、政令、刑法、掌故、文章以及评论人物的好坏时，就像谈论自己的家事一样熟悉，这就可以称为“入”了。还要怎么样才能受尊重呢？要善于“出”。什么是善于“出”呢？天下的山河形势，人的精神面貌、社会风气，土地适宜种植什么作物，有哪些高门大姓，从开国始祖所定、世代相传的法令，到下级小官吏的职守，这些都是与史官有联系、应过问的方面，但又都不是史官专管的工作。而史官在议论礼制、军事、政令、刑法、掌故、文章及评论人物的好坏时，就好像演员在堂下号呼歌舞、表演出喜怒哀乐的万千情态，堂上观看的人，严肃地端坐在上面，审视指点，这就可以说是“出”了。

不善于“入”的，就不是据实记录，隔墙听音，怎么能评论和指导堂中演员的表演呢？这样，史官的言论，就必定是说多余的梦话一样的胡言乱语了。不善于“出”的，必然没有高尚的感情与精深的评论，就不能像演员那样演出喜怒哀乐的万千情态、手舞足蹈、号呼歌唱、如同沸腾的汤羹，他们难道还能说得出自己的哀乐吗？这样，史官的言论，就必定是有气无力的了。

因此，要成为史官，要成为史官的别派，就不要说梦话，不要有气无力，要尊重自己的思想。思想受到尊重，那么史官的职务也就受尊重了；思想受到尊重，那么史官的言论也就受尊重了。官职受尊重，言论受尊重，那么史官本人也就受尊重了。受到尊重的最高境界怎么样呢？那就又要有大的“出”和“入”。什么是大的“出”和“入”呢？那就是，超越史料，进入到了解治国根本道理的境界。要想懂得治国的根本道理，就必须先研究历史。这一点不是我发现的，是刘向、班固早已说过的。刘向、班固这么说有证据吗？我的证据是，古代的柱下史老聃，最终成为道家的宗主。这难道不是我的证据吗？

尊隐

这是龚自珍青年时期写的一篇带有寓言色彩的政论文。文章用日有三时变化为比喻，描画出封建王朝兴盛衰亡的历史趋势，暗示清王朝已经到了“日之将夕”的衰世，它的统治就像“鼠壤”一样行将崩溃。作者通过“京师”与“山中”力量消长的对比描写，热情欢呼革新力量的蓬勃兴起。他赞扬“山中之民”，预告他们将发出“天地为之钟鼓、神人为之波涛”的“大音声”，以冲破“但闻鼾声”的黑暗社会。这正曲折地反映了他对于未来社会大变革的朦胧的、然而却是十分大胆热切的想象与憧憬。作者提出要尊重“隐”者、即尊重不与朝廷合作的人。但他认为，逃避现实，无所作为的“纵之隐”是可悲的，而重视现实、积极参与改革，以求青史留名的“横天地之隐”才值得人们尊重，赞扬积极参与社会革新的可贵精神。作者晚年曾自我赞叹：“少年尊隐有高文。”[①]《尊隐》一文不仅笔墨纵横驰骋，流溢出非凡的才气，而且具有鲜明的历史进化观点和尖锐的社会批判精神。

① “少年尊隐有高文”：龚自珍《己亥杂诗》中诗句。龚自珍大约二十四岁时写《尊隐》一文，到晚年提起时仍引为骄傲，称之为“高文”。

将与汝枕高林[1]，藉丰草[2]，去沮洳[3]，即荦确[4]，第四时之荣木，瞩九州之神皋[5]，而从我嬉其间，则可谓山中之傲民也已矣[6]。仁心为干，古义为根，九流为华实[7]，百氏为杝藩[8]，枝叶昌洋，不可殚论，而从我嬉其间，则可谓山中之悴民也已矣[9]。

闻之古史氏矣，君子所大者生也，所大乎其生者时也。是故岁有三时：一曰发时[10]，二曰怒时[11]，三曰威时[12]；日有三时：一曰早时，二曰午时，三曰昏时。夫日胎于溟涬[13]，浴于东海，徘徊于华林，轩辕于高闳[14]，照曜人之新沐濯，沧沧凉凉，不炎其光，吸引清气，宜君宜王。丁此也以有国[15]，而君子适生之，入境而问之[16]，天下法宗礼，族归心，鬼归祀，大川归道，百宝万货，人功精英[17]，不翼而飞，府于京师。山林冥冥，但有鄙夫、皂隶所家，虎豹食之，曾不足悲。

日之亭午，乃炎炎其光，五色文明，吸饮和气，宜君宜王。丁此也以有国，而君子适生之，入境而问之，天下法宗礼，族修心，鬼修祀，大川修道，百宝万货，奔命涌塞[18]，喘车牛如京师。山林冥冥，但有窒士，天命不犹，与草木死。

日之将夕，悲风骤至，人思灯烛，惨惨目光，吸饮暮气，与梦为邻，未即于床。丁此也以有国，而君子适生之；不生王家，不生其元妃、嫔、嫱之家[19]，不生所世世豢之家。从山川来，止于郊，而问之曰：何哉？古先册书，圣智心肝；人功精英，百工魁杰所成[20]，如京师，京师弗受也，非但不受，又裂而磔之[21]。丑类窳呰[22]，诈伪不材，是辇是任[23]，是以为生资，则百宝咸怨，怨则反其野矣。贵人故家蒸尝之宗[24]，不乐守先人之所予重器。不乐守先人之所予重器，则窭人子篡之[25]，则京师之气泄[26]；京师之气泄，则府于野矣。如是则京师贫；京师贫，则四山实矣[27]。古先册书，圣智心肝，不留京师，蒸尝之宗之子孙，见闻媕婀[28]，则京师贱；贱，则山中之民[29]，有自公侯者矣。如是则豪杰轻量京师[30]；轻量京师，则山中之势重矣[31]。如是则京师如鼠壤；如鼠壤，则山中之壁垒坚矣。京师之日短，山中之日长矣。风恶，水泉恶，尘霾恶，山中泊然而和[32]，冽然而清矣[33]。人攘臂失度，啾啾如蝇虻，则山中戒而相与修娴靡矣[34]。朝士寡助失亲，则山中之民，一啸百吟，一呻百问疾矣。朝士僝焉偷息[35]，简焉偷活[36]，侧焉徨徨商去留，则山中之岁月定矣。多暴侯者[37]，过山中者，生钟簴之思矣[38]。童孙叫呼，过山中者，祝寿耇之毋遽死矣[39]。其祖宗曰：我无余荣焉，我以汝为殿矣[40]。其山林之神曰：我无余怒焉，我以汝为殿矣。俄焉寂然，灯烛无光，不闻余言，但闻鼾声，夜之漫漫，鹖旦不鸣[41]，则山中之民，有大音声起，天地为之钟鼓，神人为之波涛矣。

是故民之丑生[42]，一纵一横。旦暮为纵，居处为横。百世为纵，一世为横。横收其实，纵收其名[43]。之民也，壑者欤？丘者欤？垤者欤[44]？避其实者欤？能大其生以察三时，以宠灵史氏，将[45]不谓之横天地之隐欤？闻之史氏矣，曰：百媚夫[46]，不如一猖夫也[47]；百酣民[48]，不如一瘁民也[49]；百瘁民，不如一之民也。则又问曰：之民也，有待者耶？无待者耶？应之曰：有待。孰待？待后史氏。孰为无待？应之曰：其声无声，其行无名，大忧无蹊辙[50]，大患无畔涯[51]，大傲若折[52]，大瘁若息，居之无形，光景煜爚[53]，捕之杳冥，后史氏欲求之，七反而无所睹也[54]。悲夫悲夫！夫是以又谓之纵之隐[55]。

① 枕：枕头。这里用作动词，“拿……做枕头”的意思。 ② 藉：草垫。这里用作动词，“拿……做草垫”的意思。 ③ 沮洳（jù rù）：低洼潮湿的地方。 ④ 荦（lùo）确：石头很多的山。 ⑤ 九州之神皋：这里指神圣的河山。九州，古时中国分为冀、兖、青、徐、扬、荆、豫、梁、雍九州。神皋，神明所在的地方。 ⑥ 山中：与下文“京师”相对，指京城以外的地方，即在野。傲民：傲视世俗的人，指不愿意跟当权者合作，游乐于山水之间的人。 ⑦ 九流：春秋战国时期的九种学派，即儒家、道家、阴阳家、法家、名家、墨家、纵横家、杂家、农家。这里指各种主要的学问。 ⑧ 百氏：指诸子百家。杝藩（lí fān）：篱笆。“九流为华实，百氏为杝藩”，这里泛指丰富的历史文化遗产。 ⑨ 悴（cuì）民：忧民，指博通古今、忧国忧民的人，政治上不得志只好埋头治学的人。 ⑩ 发时：兴起时期。 ⑪ 怒时：旺盛时期。怒，指长势旺盛。 ⑫ 威时：衰落时期。威，威杀，草木枯萎。⑬ 溟涬（míng xìng）：自然界混沌迷茫的雾气。 ⑭ 轩辕：原指车辆，这里用作动词，意为乘车运行。高闳（hóng）：神话传说中高大的天门。以上四句用拟人化的手法描写太阳的动态，并暗用太阳神乘天车运行的神话，描绘了一幅太阳初升的瑰丽图景，极富于浪漫主义色彩。 ⑮ 丁：当。有国：指君王拥有天下。 ⑯ 境：疆界，这里指朝廷。 ⑰ 人功精英：人们劳动所创造的物质精华。 ⑱ 涌塞：水冲破阻塞汹涌而出。这里形容财物极多。 ⑲ 元妃：皇帝的第一个妻子。嫔（pín）、嫱：皇宫中的女官。 ⑳ 魁杰：才能智慧出众的人。 ㉑ 裂：撕毁。磔（zhé）：即车裂，古代分裂肢体的一种酷刑，这

里引申为破坏。 ㉒ 丑类：坏人，恶人。窳呰(yǔ zǐ)：无用的人。㉓ 辇(niǎn)：指古代王室的坐车；大臣有功或晋级时，皇帝亦赏赐坐车，这里有受礼遇的意思。任：任用。 ㉔ 蒸尝之宗：蒸，冬祭。尝，秋祭。秋冬祭祀的主祭人，一般指嫡长子。封建社会以有祭祀权作为有继承权的象征。 ㉕ 窭(jù)人子：贫寒人家的子弟。 ㉖ 气泄：元气泄尽。这里指国家的人力物力散失。 ㉗ 四山：即山中，指与京城对立的山野区域。 ㉘ 媕婀(ān ē)：没有主见。 ㉙ 山中之民：即本文中所尊之"隐"，是作者理想中的一种新兴力量。 ㉚ 豪杰：有见识有才能的人。 ㉛ 势：势力。这里指权势和财力。㉜ 泊然而和：气氛宁静平和。 ㉝ 冽(liè)然而清：泉水清澄明净。㉞ 娴靡：文雅优美。 ㉟ 僝(chán)：愁苦，烦恼。 ㊱ 简：怠慢。㊲ 多：赞许。暴侯：暴昭和侯泰，明惠帝时先后任刑部尚书，燕王朱棣陷京师，逐惠帝，夺取皇位，暴昭和侯泰因效忠惠帝而被害。㊳ 生钟簴之思：产生了盼望新朝代的念头。钟，古代的一种乐器。簴(jù)，悬挂钟的架子。钟簴是古时挂在宫殿、宗庙以体现国家礼乐制度的钟鼓乐器，这里借指代朝廷。 ㊴ 寿耇(gǒu)：老年长寿。㊵ 殿：最后。 ㊶ 鹖(hé)旦：古代传说中用啼叫迎接黎明的号寒鸟。 ㊷ 丑生：共同的生存特点。丑，同，类。 ㊸"横收"二句：实，实体。名，抽象，虚名。纵、横，龚自珍认为，人类的生存具有纵和横两个方面，就一天时间讲，从早到晚叫做纵，所处之处叫做横；就漫长的历史时期讲，百代叫做纵，当代叫做横。横指现实，纵指历史。 ㊹ 垤(dié)：小土堆。 ㊺ 将：其，岂，难道。 ㊻ 媚夫：向衰世统治者献媚讨好的人。 ㊼ 狷夫：狂傲的人，指傲民。 ㊽ 酣民：醉汉，醉生梦死的人。 ㊾ 瘁民：瘁同"悴"，即悴民，忧国的人。

㊿ 蹊辙：踪迹。蹊，小路。辙，车轮在路上辗轧的迹印。 ㉛ 畔涯：边际。 ㉜ 折：折服。这里指谦恭。 ㉝ 煜爚（yù yuè）：闪闪发光。㉞ 七反：往返七次。意指多次反复。 ㉟ 纵之隐：即“百世”之隐，逃避现实、徒具虚名的隐者。

翻译

我将和你枕于高耸的大树下，垫上丰茂的青草，离开潮湿的洼地，到多石的高山，历观四季繁荣的花木，眺望祖国神圣的土地；你跟我在这些地方游玩，那就可以称为山中的傲民了。以仁善之心作树干，古代义理作树根，九流学说作花果，诸子百家作篱笆，仁义修养学问就像树叶一样茂盛，简直论说不尽；你跟我到这中间去游玩，那就可以称作山中的忧民了。

听古代史官说，有才德的人不仅重视生存，更重视时世的发展趋势。所以一年分成三时，一是兴起之时，二是旺盛之时，三是衰落之时；一天分成三时，一是早时，二是午时，三是晚时。早晨太阳孕育于迷迷濛濛的大气之中，到东海里沐浴、上升，又在华茂的树林间徘徊，坐着天车运行在高大的天门上空，阳光照耀在人们身上就像刚刚沐浴过一样，清凉煦和，不很炎热，它吸引着清新的空气，这是适宜君王统治国家的好时光。正当这时君王拥有天下，而有才德的人也恰好生逢此时，他们入朝参与政事，天下的法律制度都根据礼来制定，各宗族诚心归附，鬼神得到祭祀，大水归入河道，无数的珍宝财物，人工制造的艺术精华，都转运如飞，聚集到京城来。山林里一片昏暗，只有贫贱的百姓和地位低下的差役住着，即使他们被虎豹吃掉，也不值得悲伤。

太阳正当中午的时候，射出炎热的光辉，五光十色、文彩鲜明，它吸饮着和暖的空气，这是适宜于君王统治的好时光。正当这时君王拥有天下，有才德的人也刚好出现，他们进入京城，过问政事。天下的规章制度根据礼来制定，各宗族修养品德，鬼神能得到拜祭，大河归入疏导过的河道，无数珍宝财货，滚滚积聚奔来，几乎堵塞了大路，牛拉着车喘吁吁进入京城。山林里一片昏暗，只住着闭目塞听的读书人，他们时运不好，将跟草木一样寂寞地死去。

将近黄昏的时候，悲凉的风突然刮来，人们想点燃灯烛，目光惨淡失神，太阳吸着晚间沉闷的空气，昏昏然与梦为邻，还没有上床。正当这时君王拥有天下，而有才德的人恰好出生，他不生在帝王之家，不生在后妃嫔嫱之家，也不生在世代受朝廷豢养的官宦之家。他来自山河之野，停留在京师郊外，对此问道：这是怎么一回事呀？古代先王的文献典籍，是圣贤智者呕心沥血之作，肝胆肺腑之言。人工精制的艺术精华，是各行各业的能工巧匠制作而成。这些宝物运来京城，京城却不接受，非但不接受，还加以毁坏。坏蛋、懒汉、欺诈伪善、不学无术之徒，受到朝廷的礼遇，得到重用，京城把他们当作赖以生存的力量。于是百宝英才都怨恨不已，有怨恨就返回到山野去了。贵族和世代官僚之家享有祭祀权的宗族，不乐意谨守祖宗留下的传家宝；不乐意谨守祖宗留下的传家宝，于是贫寒人家的子弟就把它夺走了，这样，京城的力量就削弱；京城的力量削弱，就积聚到京城以外的山野了。这样，京城就贫困空虚；京城贫困空虚，四周山野就充实富足了。古代先王的文献典籍，圣贤智者呕心沥血之作、肝胆肺腑之言不留在京城，世家大族传宗接代的嫡系子孙学识浅陋，全无定见，这样京城的地位就低下了；京城地位低下，那么山中之民就有自立为公侯的人了。这样，豪杰之士就瞧不起京城；豪杰之士瞧不起京城，山中的势力就雄厚壮大起来了。这样，京城像老鼠挖洞所出的泥土那样松散，山中的势力就像铜墙铁壁一样坚固了。京城日暮途穷，山中却来日方长。京城风恶水险，尘雾迷漫，山中却和风拂煦，泉水清澄。京城的人卷袖挥臂、举动失常，像蝇蛇一样嗡嗡乱叫，山中之民却相互告诫，讲究文雅优美的风度。朝廷官员孤立失助、众叛亲离，山中之民却一呼百应，一人有病而百人问候。朝廷官员愁闷、慵懒、苟且偷生，背地里惊慌不安地商量离去还是留下，而山中的生活却很安定。那些称赞效忠君主的人，路过山中，也萌生了改朝换代的念头。童孙满堂呼叫的老年人，路过山中，也祈愿健康长寿而不想很快离开人间了。京城王者的祖宗对当权者无望，发出哀叹说：我已不剩下什么荣禄的希望了，我认为你们是荣华富贵的最后一代了。山林中的祖先之神也说：我也不剩下什么怨恨了，我认为你们是受苦受难的最后一代了。京师顷刻之间一片寂静，灯火烛光一起熄灭，不再听到说话声，只听到沉睡的鼾声，长夜漫漫，连鹖旦鸟也不叫了；而山中之民，却发出了宏声巨响，天地给他们敲钟擂鼓，鬼神为他们推波助澜。

所以人们共同的生存特点，具有纵和横两个方面。从早到晚是纵，所处之处是横；百代为纵，当代为横。横生得其实体，纵生得其名声。这些山中之民，他们是隐于沟壑里面吗？隐于小山上吗？隐于小土堆上吗？他们在逃避现实社会吗？他们能够重视自己的生存，洞察时世发展趋势，足以受到神明的史官的宠爱赞扬，难道不可以称他们是横贯天地之间赫然一世的大隐者吗？我听史官这样说：一百个谄媚的人，比不上一个傲民；一百个醉生梦死的人，比不上一个忧国忧民的人；一百个忧民，比不上一个山中之民。于是又问：这种山中之民，是有所等待的，还是无所等待的呢？回答说：有所等待。等待谁呢？等待后世史官记载他们的业绩。哪些人是无所等待的呢？回答说：这种人的声音听不着，他们的行为无法描状，有大忧却无迹可寻，有大患却不着边际，极端高傲而又似谦卑无比，大苦大劳却又像无所事事；停留时不见形迹，只有光影闪烁，要想捉住它却又十分渺茫。后代史官要探求这种人的业绩，反复多次回溯也看不到什么。可悲啊！可悲啊！因此人们又称这些人是徒有其名的隐者。

京师乐籍说[1]

本篇以犀利的笔锋，指斥唐、宋、明时代设置官妓是统治者推行的愚民政策，目的是在腐蚀知识分子的灵魂，磨灭其斗志，消除其“思乱”之心。据史籍记载，清代已废除了官妓制度。龚自珍借抨击前代帝王的陋政来影射当代帝王的愚民政策。作者赞扬不怕杀身之祸而起来干预国家大事的“一二豪杰”，并在他们身上寄托了摆脱黑暗统治、要求革新的希望。

① 乐籍：官妓的名册，这里指代官妓。唐代以后，封建王朝设有官家管理的娼妓，名在册籍，所以称乐籍。清代已废除这种乐籍管理办法，但娼妓仍然存在。

昔者唐、宋、明之既宅京也[1]，于其京师及其通都大邑[2]，必有乐籍，论世者多忽而不察。是以龚自珍论之曰：自非二帝三王之醇备[3]，国家不能无私举动，无阴谋。霸天下之统，其得天下与守天下皆然。

老子曰：“法令也者，将以愚民，非以明民。”[4]孔子曰：“民可使由之，不可使知之。”[5]齐民且然[6]，士也者，又四民之聪明喜论议者

也[7]。身心闲暇，饱暖无为，则留心古今而好论议。留心古今而好论议，则于祖宗之立法，人主之举动措置，一代之所以为号令者，俱大不便。

凡帝王所居曰京师，以其人民众多，非一类一族也。是故募召女子千余户入乐籍。乐籍既棋布于京师，其中必有资质端丽、桀黠辨慧者出焉。目挑心招，捭阖以为术焉[8]，则可以钳塞天下之游士。乌在其可以钳塞也？曰：使之耗其资财，则谋一身且不暇，无谋人国之心矣；使之耗其日力，则无暇日以谈二帝三王之书，又不读史而不知古今矣；使之缠绵歌泣于床笫之间[9]，耗其壮年之雄材伟略，则思乱之志息，而议论图度[10]，上指天下画地之态益息矣；使之春晨秋夜为奁体词赋、游戏不急之言[11]，以耗其才华，则论议军国、臧否政事之文章可以毋作矣[12]。如此则民听一[13]，国事便，而士类之保全者亦众。

曰：如是则唐、宋、明岂无豪杰论国是[14]，掣肘国是[15]，而自取戮者乎？曰：有之。人主之术，或售或不售[16]，人主有苦心奇术，足以牢笼千百中材，而不尽售于一二豪杰，此亦霸者之恨也[17]。吁！

① 宅京：定都，建立京城。宅，用作动词，建立的意思。 ② 通都大邑：大城市。 ③ 二帝三王：传说唐尧、虞舜为二帝，夏禹、商汤、周文王为三王。传统视为历史上圣明帝王。 ④“法令也者”三句：语出《老子》第六十五章。“古之善为道者，非以明民，将以愚之。” ⑤“民可使由之”二句：语出《论语·泰伯》。 ⑥ 齐民：平民，普通老百姓。 ⑦ 四民：士、农、工、商的统称。士，四民当中学道艺或习武勇的人，一般也指读书人。 ⑧ 捭阖(bǎi hé)：开合。捭，分开；阖，闭合。这里指反复试探的进言和施展各种手段。 ⑨ 床笫(zǐ)：床席。 ⑩ 图度：谋划。 ⑪ 奁(lián)体词赋：奁体，香奁体，词赋文体的一种，专门以女性生活琐事为题材。 ⑫ 臧否(zāng pǐ)：善恶。这里用作动词，指评议好坏。 ⑬ 民听一：老百姓只能听一种意见，指舆论统一。 ⑭ 国是：国事。 ⑮ 掣肘(chè zhǒu)：牵扯别人的臂肘，比喻阻碍牵制别人做事。 ⑯ 售：施展。 ⑰“此亦”句：这是龚自珍对封建君主玩弄“奇术”，心劳力拙而不能成功的辛辣讽刺。恨：遗憾。

翻译

过去唐、宋、明三个朝代建都以后，在京城及其他大城市里，必定设有官妓，而议论世道的人往往忽视它，不加以考察。因此龚自珍评论说：除非像二帝三王那样完美无缺，国家不可能没有出自私心的举动和不可告人的计谋。成就霸业的政统，他们得天下和守天下都是这样做的。

老子说:“法令是要用来愚弄老百姓的,而不是用来开导老百姓的。”孔子说:“民众可以使他们照着君主的命令去做,不可以让他们知道为什么要这样做。”对普通老百姓尚且这样。士是士、农、工、商四种人当中最聪明而喜欢发议论的人。他们在身心安逸悠闲,饱暖而无所事事的时候,就关心古今的国事,并喜欢发表议论。关心古今国事而喜欢发表议论,那就对于祖宗制定的法令,对于君主的举动措施,对于一代君主发号施令的依据都造成大大的不便。

凡是帝王所居住的地方叫做京城,因为那里人很多,并不光是一个类型一个家族的人。因此就募集了千余户人家的女子编入官妓册籍。官妓既然满布在京城,她们当中必然有容颜美丽端正、聪明狡黠而能言善辩的人。她们用眉目挑逗,心术勾引,用反复试探的语言耍弄各种各样的手段,这样就可以控制天下离家在外的士人。在哪些方面可以控制他们呢?一是使他们消耗钱财,这样他们考虑自己一人的生计尚且忙不过来,就没有心思去谋划国家的政事了;二是使他们消耗时间和精力,这样就没有空闲去谈论二帝三王的书籍,也不读史书,不知古今形势了;三是使他们歌哭留恋于儿女私情,消耗他们壮年的雄材大略,这样叛逆、反抗的思想就熄灭,而议论、谋划国家大事、指天画地的激昂气概就更加没有了;四是使他们多在春晨秋夜的时候写些关于儿女琐事的香艳词赋和无关紧要的游戏文章,来消耗他们的才华,这样议论军事国防、评论政治得失的文章就可以不写了。于是舆论统一，国家的事情就好办，而士人中间生命地位得到保全的也就多了。

有人问：这么说，唐、宋、明三个朝代难道就没有豪杰之士出来议论国家大事、干预国家大事而自取杀身之祸的吗？回答：有的。君主的统治手段，有的行得通，有的行不通。君主煞费苦心想出来的权术，虽然足以控制千百个才能平常的人，却不能在一两个英雄豪杰身上完全行得通，这也正是成就霸业的君主引以为恨的吧。唉！

捕蜮第一[1]

《捕蜮第一》《捕熊罴鸱鸮豺狼第二》和《捕狗蝇蚂蚁蚤蜰蚊虻第三》，是龚自珍的一组讽刺性寓言小品，写于道光四年(1824)居母丧期间。这三篇文章对封建末世社会，特别是官场中各种各样阴险、凶残的“小人”进行愤怒而深刻的揭露，指出这些害人虫已“布满人宇”，危害极大。他积极主张根据不同的对象，采用不同的方法，除掉这些害人虫，体现他疾恶如仇的精神和善于斗争的策略。这组小品比喻生动，形象鲜明，感情激烈，风格独特。

《捕蜮第一》描写“蜮”惯于妒贤忌能，暗中害人的特性，提出隐蔽自己、擦亮眼睛、彻底消灭之的“捕蜮”方法，表现作者对于那些暗中伤人的阴谋家的切齿痛恨。

① 蜮(yù)：传说中一种隐藏在水边，能含沙喷射人影、使人受害的怪物。

龚自珍既庐墓埋居[1]，于彼郊野，魂飞飞以朝征[2]，魄凄凄而夕处[3]。百虫谋之[4]，曰予可攻侮。厥族有大有小，布满人宇。予告诉无所，发

书占之，曰：可以术捕。禁制百虫，非网非罟[5]。予尝韪夫猎者之弹[6]，亦起于古之行孝者。魑魅山林[7]，则职畏禹[8]。予禁制汝虫，皆法则上古[9]。

叩山川丘坟[10]，而天神来下。山川之祇问曰[11]：今者有蜮，蜮一名射工，是性善忌，人衣裳略有文采者辄忌[12]，不忌缞绖[13]。能含沙射人影，人不能见，必反书之名字而后噬之[14]。捕之如何？

法用蔽影草七茎，自障蔽，则蜮不见人影。又用方诸取月中水洗眼[15]，着纯墨衣，则人反见蜮，可趋入蜮群。趋入蜮群，则蜮眩瞀[16]。乃祝曰[17]：射工！射工！汝反吾名，以害吾躬；吾名甚正，汝不得反攻。射工！射工！速入吾胃中。如是四遍，蜮死，烹其肝。大吉。述《捕蜮第一》。

---

① 庐墓：古代士大夫在父母死后，在墓旁建屋居住守孝叫“庐墓”。塈（jí）：烧土做砖。这里指小土屋。 ② 征：行走。 ③ 处：居住。④ 百虫：泛指害人虫，暗喻社会上的各种坏人。 ⑤ 罟（gǔ）：网。⑥ 韪（wěi）：是。这里有“认为……是”的意思。弹：指古人用弓发射的弹丸。传说古代人死后，用白茅裹尸，投于野地，其子作弹看守，

以防被鸟兽吃掉。见《吴越春秋·勾践阴谋外传》。 ⑦ 魑魅（chī mèi）：传说中山林里的鬼怪。 ⑧ 职：只。禹：夏禹。传说虞舜时代夏禹为治水而开山劈岭，把山林里的野兽鬼怪都吓跑了。 ⑨ 法则：效法。 ⑩ 叩：叩拜。丘坟：丘陵。 ⑪ 祇（qí）：神话传说中的地神。 ⑫ 文采：华丽的色彩。 ⑬ 缞绖（cuī dié）：古人用麻布做的孝服。 ⑭ 反书之名字：暗喻败坏别人的名誉。反书，反写。之，其。 ⑮ 方诸：古人在月下承露取水供祭祀用的器具。月中水：露水。 ⑯ 眩瞀（mào）：眼睛昏花。 ⑰ 祝：诅咒，念咒。

翻译

龚自珍已在郊野墓旁以土砖建庐居之以守孝。早晨往来，神魂飘荡，晚上独宿，心意悲凉。害人虫们在一起谋划说：我们可以去攻击、侮辱他。那些虫类有大有小，布满人间。我无处申诉，只好打开占卜书来占卜，书上说：可以用法术去捕捉制服害人虫，并不需要罗网。我曾经认为猎人用的弹丸，也是古代行孝的人为保护其至亲尸体不被鸟食而发明的。鬼怪处于山林之中，只怕夏禹。我制服你们这些害人虫，也要仿效上古的做法。

我叩拜山川丘陵，天神就下来了。山川之神问道：现在有一种害人的怪物叫蜮，又叫射工，它的特性惯于妒忌，看见衣着有些华丽的人就要妒忌，却不妒忌穿孝服的人。蜮能含沙喷射人的影子，人却看不见它，又必定反写人的名字，然后把它咬碎，这样来害人。怎样来捕捉蜮呢？

天神说，捕捉的法术是用七根蔽影草把自己遮蔽起来，这样，蜮就看不见人的影子了。再用方诸盘承接露水洗眼睛，穿着纯黑色的衣服，人就反而能看见蜮，可以跑进蜮群中去。跑进蜮群，蜮就双眼昏花。便念咒说：射工！射工！你反写我的名字，来伤害我的身体，我的名字堂堂正正，你无法把它颠倒毁伤。射工！射工！快快到我胃里来。这样念四遍，蜮就死了，然后煮它的肝。这样便平安大吉。以上讲的是《捕蜮第一》。

捕熊罴鸱鸮豺狼第二[①]

作者用熊罴、鸱鸮、豺狼影射忘恩负义、凶狠残暴的恶人。认为对他们既不能示弱，也不能硬拼，而应采取外柔内刚的方法一举歼灭。

① 罴(pí)：熊的一种，即棕熊，又叫马熊。鸱鸮(chī xiāo)：猫头鹰一类凶猛的鸟。豺：形状像狼而略小的野兽，贪食，残暴，又叫豺狗。

丘玟之祗问曰：今者有熊罴、鸱鸮、豺狼，是性善愎[①]，必噬有恩者及仁柔者，捕之如何？

法用败絮牛皮，伪为人形，手执饲具，以示人恩，中实以炽铁。咆哮来吞，絮韦吞已[②]，炽铁火起，縻灼其心肝[③]。祝曰：豺狼！豺狼！予恩汝不祥，亦勿战汝以刚，色柔内刚，诛汝肝肠，汝卒咆哮以亡。如是四遍，则其种类皆殄绝[④]。吉。述《捕熊罴鸱鸮豺狼第二》。

---

① 愎(bì)：固执倔强，引申为凶狠乖戾。 ② 韦：皮革，这里指牛皮。
③ 縻：通"糜"，烂的意思。灼：火烧。 ④ 殄(tiǎn)绝：灭绝。

翻译

丘陵之神问道：现在有熊罴、鸱鸮、豺狼，它们的本性一贯凶狠乖戾，必定要吞吃它们的恩人和仁慈善良的人，怎样才能捕捉它们呢？

天神说：捕捉的法术是用烂棉絮和牛皮，假做成人的形状，手上拿着喂食的器具，用以表示人的恩德，又在人形中间塞进烧红的铁块。它们咆哮着来吞吃，烂棉絮和牛皮吞下去后，烧红的铁块就在肚子里起火，烧烂它们的心肝。这时就念咒说：豺狼！豺狼！我对你们施恩你们却不善，我也不用强硬手段来战胜你们，现在用外柔内刚的办法，诛伤你们的内脏，你们最终会狂叫着死去。这样念上四遍，这几类恶兽便都灭绝了。这样就平安吉利。以上讲的是《捕熊罴鸱鸮豺狼第二》。

捕狗蝇蚂蚁蚤蜰蚊虻第三[①]

作者用狗蝇、蚂蚁等影射那些依仗权势、成群结队吸人膏血的奴才小人。主张用置冰高屋、猛火烧田的办法，摧毁它们赖以生存的基础，把它们全部赶走。

① 狗蝇：寄生于狗身吸食血液的昆虫。蚤蜰（féi 肥）：跳蚤、臭虫。蚊虻：蚊子、牛虻。

沮洳垤之祇问曰[①]：今有狗蝇、蚂蚁、蚤蜰、蚊虻，是皆无性，聚散皆适然也[②]，而朋噆人[③]，使人愦眊[④]。治之如何？

法不得殄灭，但用冰一盘，置高屋上，则蝇去。又炼猛火自烧田，则乱草不生，乱草不生，则无所依。无所依，则一切虫去。祝曰：蚊虻！蚊虻！汝非欲来而朋来，汝非欲往而朋往。吾悲汝无肺肠，速去！吾终不汝殄伤。如是四遍，则不复至。述《捕狗蝇蚂蚁蚤蜰蚊虻第三》。

---

① 沮洳（jù rù）：低洼潮湿的地方。垤（dié）：小土堆。 ② 适然：偶

然。 ③ 朋：成群。噆（zǎn）：叮，咬。 ④ 愦眊（kuì mào）：头昏眼花。

翻译

低湿地、小山丘之神问道：现在有狗蝇、蚂蚁、蚤蜰、蚊虻等害人虫，它们都没有明显的特性，忽而聚合忽而分散，但聚群叮人，使人头昏眼花。怎样才能治服它们呢？

天神说，没有灭绝它们的法术，但只要用一盘冰，放在高屋顶上，这样狗蝇就会逃走。再点起大火燃烧田地，这样乱草就不再生长。乱草不生，就失去了依托。失去了依托，一切害人虫就都逃掉了。这时就念咒说：蚊虻！蚊虻！你们不想来却还是成群结队来，你们不愿意去却又成群结队去。我可怜你们无肺无肠，赶快逃走吧！我终究不把你们消灭干净。这样念了四遍，它们就不再来了。以上讲的是《捕狗蝇蚂蚁蚤蜰蚊虻第三》。

说京师翠微山[1]

本文从不同角度描述翠微山的景观，每写一景，就用一种人情特点加以总结，把无生命的山写得栩栩传神、充满人情味。显然作者以翠微山自我写照。抓住山的形胜特点，类比人的性格特征，思想深刻、议论含蓄，在游记散文中别创一格。

① 翠微山：在北京西北约三十里，原名平坡山，明宣德年间改称翠微山。山上有平坡寺（一名圆通寺）、宝珠洞等名胜。

翠微山者，有籍于朝[1]，有闻于朝[2]，忽然慕小[3]，感慨慕高，隐者之所居也。

山高可六七里，近京之山，此为高矣，不绝高，不敢绝高，以俯临京师也。不居正北，居西北，为伞盖，不为枕障也。出阜城门三十五里[4]，不敢远京师也。

僧寺八九架其上，构其半[5]，胪其趾[6]，不使人无攀跻之阶[7]，无喘息之憩；不孤巉[8]，近人情也。

与香山静宜园，相络相互，不触不背[9]，不以

不列于三山为怼也[10]。与西山亦离亦合[11]，不欲为主峰，又耻附西山也。

草木有江东之玉兰[12]，有苹婆[13]，有巨松柏，杂华靡靡芬腴[14]。石皆黝润，亦有文采也。名之曰翠微，亦典雅，亦谐于俗，不以僻俭名其平生也。

最高处曰宝珠洞，山趾曰三山盦[15]。三山何有？有三巨石离立也。山之盩有泉[16]，曰龙泉，澄澄然渟其间[17]，其甃之也中矩[18]。泉之上有四松焉，松之皮白，皆百尺。松之下，泉之上，为僧庐焉，名之曰龙泉寺。名与京师宣武城南之寺同[19]，不避同也。

寺有藏经一分，礼经以礼文佛[20]，不则野矣。寺外有刻石者，其言清和，康熙朝文士之言也。寺八九，何以特言龙泉？龙泉迟焉[21]。余皆显露，无龙泉，则不得为隐矣。

余极不忘龙泉也。不忘龙泉，尤不忘松。昔者余游苏州之邓尉山[22]，有四松焉[23]，形偃神飞，白昼若雷雨[24]，四松之蔽可千亩。平生至是，见八松矣。邓尉之松放，翠微之松肃；邓尉之松古之逸，翠微之松古之直；邓尉之松，殆不知天地为何

物；翠微之松，天地间不可无是松者也。

---

① 籍：书册，此处指登记注册。 ② 闻：声誉，名望。 ③ 忽然：很快地，此处表示很容易的意思。 ④ 阜城门：即今北京阜城门。 ⑤ 构：建筑。半：指半山腰。 ⑥ 胪(lú)：陈列。趾：山脚。 ⑦ 跻(jī)：登、升。 ⑧ 巉(chán)：山势高险的样子。 ⑨ "与香山"三句：《清一统志》记载：翠微山"脉自香山分两支而东"。香山静宜园，即香山寺故址。清康熙在此置行宫。乾隆十年(1745)秋重修后改名"静宜"，内有勤政殿、翠微楼、玉乳泉、隔云钟等二十八景。 ⑩ 三山：指香山、玉泉山和万寿山。香山的静宜园为康熙皇帝行宫。玉泉山的芙蓉殿曾为金章宗的行宫，清康熙、雍正又曾在此阅武。万寿山(本名瓮山)为乾隆所命名。三座山都负有荣誉。怼(duì)：怨恨。 ⑪ 西山：在北京西北郊。广义的西山包括香山、翠微山、仰山、觉山、卢师山等。 ⑫ 江东：长江以东。一般指安徽南部的当涂、宁国、广德和江苏的南京市以东地区。 ⑬ 苹婆：苹果树。 ⑭ 杂华：各种鲜花。靡靡：风吹花草偃倒的样子。腴：丰满。 ⑮ 盦(ān)：同"庵"。 ⑯ 盩(zhōu)：山曲，山的幽深处。 ⑰ 渟(tíng)：水停止不流。 ⑱ 甃(zhòu)：用砖砌。中(zhòng)：合于，符合。矩：角尺，用来画方形的工具。 ⑲ 宣武城南：指京城宣武门内南边。 ⑳ 礼经：礼拜龙泉寺藏经。文佛：指佛祖释迦牟尼。龚诗有"释迦谥文佛，渊哉劳我思"句。见《题梵册》。 ㉑ 迟(qì)：曲折隐秘。 ㉒ 苏州之邓尉山：在江苏苏州西南约七十里，相传汉时邓尉隐居于此，故名。 ㉓ 四松：这里作者将"柏"误作"松"。同治《苏

州府志》:“司徒庙古柏不知纪年……最著者为清、奇、古、怪四株。”
㉔“白昼”句:形容四松神情极富生气,如风雨雷霆。

翻译

翠微山,在朝廷的簿册上有记载,有声誉,人们很容易因为它的小巧而喜欢它,也往往因为它的高峻而仰慕它,它是隐士居住的地方。

翠微山高约六七里,在京城附近的山中,这一座算是比较高的了,但它不是最高,也不敢最高,因为它俯临着京城。翠微山不在京城的正北面,而位于西北,它更像是京城的一把仪仗用的伞盖,而不是床头上的屏风。山位于阜城门外三十五里的地方,不敢疏远京城。

有八九座寺庙分别坐落在山顶、山腰和山脚上,既有供人攀登的台阶,也有让人喘气休息的地方;翠微山并不孤立高险,却很近人情。

翠微山与香山静宜园,相互连络,不接触也不背离,不为自己不名列于香山、玉泉山和万寿山之间而怨恨。与西山若即若离,不想做西山主峰,又耻于依附西山。

翠微山上有江东的玉兰花,有苹果树,有高大的松树、柏树,更有各种鲜花随风摇曳,芳香华美。山石黝黑光润,间有色彩斑斓的花纹。山取名翠微,既典雅,又合乎世俗口味,而不是用冷僻俭朴之辞来表达平生志向。

翠微山上最高的地方叫宝珠洞，山脚叫三山庵。三山庵有什么呢？有三块巨大的石头分别矗立着。山的幽深处有一眼水泉，叫龙泉，泉水清澄平静，停滞于其间，人们在它的周围砌了一个方形水池。龙泉上边有四棵松树，树皮白色，棵棵都有百余尺高。在松树下面，龙泉上边，是和尚的屋舍，名叫龙泉寺。寺名与京城宣武门南边的寺庙一样，并不避忌同名。

龙泉寺有一部藏经，礼拜藏经就如同礼拜佛祖释迦牟尼，不这样就显得粗俗。寺外有一块刻石，刻石上的言辞清雅中和，是康熙时代文人所作。翠微山上的寺庙有八九个，为什么单单说龙泉寺呢？因为龙泉寺位置曲折隐秘，而其余的一些寺庙都显而易见。没有龙泉寺，翠微山就不可能成为隐居的地方了。

我最忘不了龙泉。忘不了龙泉，更忘不了龙泉上的松树。以前我到苏州邓尉山游玩，看到有四棵松树，形态下俯，神情飞扬，白天看去像风雨雷霆般气势磅礴，四松的树荫约有千亩之广。我一生至今，看到了八棵非同一般的松树。邓尉山四松舒展放逸，翠微山四松端庄严肃；邓尉山四松像古代的隐逸高蹈之士，翠微山四松像古代的刚直不阿之士。邓尉山上的松树，睥睨物表，几乎不把天地放在眼里；翠微山上的松树，坚定正直，是天地之间不可缺少的松树啊。

说居庸关[①]

道光十六年(1836),龚自珍的友人陈州知府王元凤,因遭诬告,被贬往张家口(今属河北省),到军台服务[②]。作者当时在礼部供职,特地请假送他过居庸关,回来后写下这篇文章。

作者经过实地考察,清楚准确地记载了居庸关内外的山川、风物、道路、里程等方面。文章不避繁冗地细述关隘的险要,说明它可以防守,但又指出,因为有间道的存在,隐伏着北兵从天而降的危险性。文中与蒙古人相逗的戏谑情节,具有浓烈的生活气息,反映出当时融洽的民族气氛。全文既体现民族统一的真诚愿望,也暗示人们不要对侵略者失去警惕。

① 居庸关:关名,在北京昌平区西北,又名军都关,形势险要,是长城的要塞、北京的咽喉。 ② 军台:清代西北两路传达军报及官府文书的机构。

居庸关者,古之谭守者之言也[①]。龚子曰:疑若可守然。

何以疑若可守然?

曰：出昌平州[②]，山东西远相望，俄然而相辏相赴[③]，以至相蹙[④]，居庸置其间，如因两山以为之门，故曰疑若可守然。

关凡四重。南口者[⑤]，下关也，为之城，城南门至北门一里；出北门十五里，曰中关，又为之城，城南门至北门一里；出北门又十五里，曰上关，又为之城，城南门至北门一里；出北门又十五里，曰八达岭[⑥]，又为之城，城南门至北门一里。盖自南口之南门，至于八达岭之北门，凡四十八里，关之首尾具制如是，故曰疑若可守然。

下关最下，中关高倍之。八达岭之俯南口也，如窥井形然，故曰疑若可守然。

自入南口，城甃有天竺字[⑦]、蒙古字。上关之北门，大书曰："居庸关，景泰二年修。"[⑧]八达岭之北门，大书曰："北门锁钥，景泰三年建。"

自入南口，流水啮吾马蹄[⑨]，涉之玐然鸣[⑩]，弄之则忽涌、忽洑而尽态，迹之则至乎八达岭而穷[⑪]。八达岭者，古隰余水之源也[⑫]。

自入南口，木多文杏、柿、苹婆、棠梨[⑬]，皆怒华。

自入南口，或容十骑，或容两骑，或容一骑。

蒙古自北来，鞭橐驼[14]，与余摩臂行，时时橐驼冲余骑颠，余亦挝蒙古帽[15]，堕于橐驼前，蒙古大笑。余乃私叹曰："若蒙古，古者建置居庸关之所以然，非以若耶？余江左士也[16]，使余生赵宋世[17]，目尚不得睹燕、赵[18]，安得与反毳者相挝戏乎万山间[19]？生我圣清中外一家之世，岂不傲古人哉！"蒙古来者，是岁克西克腾、苏尼特，皆入京，诣理藩院交马云[20]。

自入南口，多雾，若小雨。过中关，见税亭焉。问其吏曰："今法网宽大，税有漏乎？"曰："大筐小筐，大偷橐驼小偷羊。"余叹曰："信若是，是有间道矣。"

自入南口，四山之陂陀之隙[21]，有护边墙数十处。问之民，皆言是明时修。微税吏言，吾固知有间道出没于此护边墙之间。承平之世，漏税而已；设生昔之世，与凡守关以为险之世[22]，有不大骇北兵自天而降者哉！

降自八达岭，地遂平，又五里曰坌道[23]。

---

① 谭：通"谈"。 ② 昌平州：今北京市昌平区。 ③ 相辏(còu)相

辐:会合,聚集的意思。辏,车轮上的辐条集中于毂(gǔ)上,比喻聚集。 ④ 相蹙(cù):紧紧地挤在一起。蹙,接近,迫近。 ⑤ 南口:地名,在北京市北。 ⑥ 八达岭:在北京延庆县南,是居庸关的北口,形势最为险要。 ⑦ 城甃(zhòu):城砖。天竺字:印度古称天竺,天竺字即梵文,是印度的古文字。 ⑧ 景泰:明景帝的年号,景泰二年即公元 1451 年。 ⑨ 啮(niè):咬。这里是对溪水冲上马蹄的形象写法。 ⑩ 玐(cōng)然:像玉石相击那样清脆悦耳。玐,玉相碰声。 ⑪ 穷:尽头、到底。 ⑫ 隰(xí)余水:现在叫榆河,发源于八达岭,经过昌平、顺义到通县,流入运河。 ⑬ 文杏:即银杏。苹婆:即苹果。棠梨:野梨,也叫甘棠。 ⑭ 橐(tuó)驼:骆驼。 ⑮ 挝(zhuā):通"抓"。 ⑯ 江左:长江以东地方。 ⑰ 赵宋:宋朝皇帝姓赵,所以叫做赵宋。 ⑱ 燕(yān):今河北省大部分和河南省黄河以北的地方。赵:今山西省。宋朝时,燕、赵被辽、金先后侵占。 ⑲ 反毳(cuì)者:这里指北方民族,因为北方民族常把毛皮缝在衣服的正面,即兽毛向外。毳,野兽的细毛。 ⑳ 诣(yì):前往。理藩院:清朝设置的官署,管理有关蒙古、新疆、西藏等少数民族地区的事务。 ㉑ 陂(pō)陀:倾斜不平的样子。隙:裂缝中间。 ㉒ 与凡:举凡。与,通"举"。 ㉓ 坌(bèn)道:一作"岔道"。地名,为八达岭外围。

翻译

居庸关为天下九塞之一,是古代谈论军事防守的人说的话。龚自珍认为,似乎是可以把守的样子。

为什么说似乎是可以把守的样子呢？

回答：出了昌平州，居庸山的两条山脉在东西两边远远地相望，走不一会儿，两边山势就逐渐互相凑近、会合，直到紧紧相接。居庸关建造在这东西两条山脉交汇的地方，就像依靠两面山作为门户一样，所以似乎是可以把守的样子。

居庸关一共有四重。南口这一重，是下关，给它筑了一道城墙。城墙的南门到北门有一里远。出下关北门十五里的地方，叫做中关，又给它筑了一道城墙。城墙的南门到北门有一里远。出中关北门再十五里的地方，叫做上关，又给它筑了一道城墙。城墙的南门到北门有一里远。出上关北门再十五里的地方，叫做八达岭，又给它筑了一道城墙，城墙的南门到北门有一里远。大概从南口的南门到达八达岭的北门，一共四十八里。这座关隘从头到尾的整个结构规模就是这样，所以说似乎是可以把守的样子。

下关的海拔最低，中关比它高一倍。从八达岭低头看南口，就好像窥探一口深井似的。所以说似乎是可以把守的样子。

自从进入南口，城墙头砌的砖块上就印有印度文字、蒙古文字。上关的北门上方，写着大字“居庸关，景泰二年修”。八达岭的北门上方，写着大字“北门锁钥，景泰三年建”。

自从进入南口，流淌的溪水开始浸湿我的马蹄，趟水走过，发出清脆的响声。玩赏溪水，忽而涌起波浪，忽而打起洄漩，极尽溪水各种形态的变化。溪流的尽头就是八达岭。八达岭，就是古代隰余水的源头。

自从进入南口，树木多数是银杏、柿子、苹果、棠梨，满树都盛开鲜花。

自从进入南口，有的地方容得下十匹马并行，有的地方容得下两匹马并行，有的地方只够一匹马通行。一帮蒙古人从北方来，赶着骆驼跟我擦臂而过。骆驼不时地冲撞我的马头顶。我也抓下一个蒙古人的帽子，落在骆驼的面前，蒙古人哈哈大笑。我就暗暗地叹息："这些蒙古人，古时候所以要建立这座居庸关，不就是为了防备你们吗？我是个江南读书人，如果我生在宋朝，连看一眼河北、山西都办不到，哪里会跟这些反穿皮衣的人在万山丛中互相逗着玩呢！生在清朝多民族一家的时代，难道不比古人骄傲自豪吗?!"蒙古人南来的，这一年有克西克腾旗和苏尼特旗的人，都是进京城来向理藩院交纳马匹的。

自从进入南口，雾气很重，像下小雨。经过中关时，看到那里有个收税的亭子。我问那里的收税官员："如今法律条例宽大，税款有偷漏的吗?"回答说："大筐小筐，大偷骆驼小偷羊。"我叹息说："果真是这样，那就一定有隐僻的小路了。"

自从进入南口，在四周山岩倾斜不平的空档里，有好几十处护边墙。向当地居民打听，他们都说是明朝时候修建的。没有收税官员的一番说明，我本来也知道有小路隐藏在这些护边墙之间。天下太平时，不过走漏点税款罢了。假使生活在古代，以及一切把关塞做为天险防守的时代，能不对北方军队从天而降大大惊慌吗?

从八达岭下山后,地势就逐渐平坦了。再走过五里地就到了坌道。

海门先啬陈君祠堂碑文[①]

位于江苏省长江北岸滨海处的海门，从元、明以后，曾多次陷毁于海潮。清代初年，海门又涨成沙州，当时崇明人陈朝玉率领妻子来此开垦，卓有成效，远近民众，纷纷来归，垦田达十五万亩。乾隆十三年(1748)，复置海门厅。本文是龚自珍应陈氏子孙之请，为陈朝玉祠堂所写的碑文。文中叙写了陈朝玉的性格、才能及其艰苦卓绝草创沙州的情状，赞颂陈朝玉开垦海门的功绩，也表达了作者对在一方土地上有大贡献的普通农民的崇敬。全文简练流畅，没有一般碑志文章堆砌雕琢、阿谀奉承的俗套。

① 海门：今属江苏省，位于长江北岸滨海处。先啬(sè)：也称田祖或先农，古代传说中农业的发明者，即神农氏。这里用以称颂陈朝玉，因为他是开垦海门的创始者。

开国以降，奇杰之士，达节之民[①]，挺瑰怪之姿[②]，躬淳古之行，生而魁于凡民，没而当祭于社者[③]，不有文事，其无称乎[④]？先啬陈君，厥讳朝玉[⑤]，字曰璞完，江南崇明县人

也[6]。幼有异禀[7]，肤色黝漆，脐窪若臼，环腰有白文，其圜中规[8]。相人者言，是为玉带围，当奇异。稍长，衎然魁颀[9]。故其乡之人，尝已疑其神。年十三，让产伯兄，鸿骞凤逝[10]，去之无迹。

是时皇政熙清，后祇效灵[11]，海之君王，来献土壤，以福吾黎元。通州、常熟间东地[12]，望洋无极，潮退沙见，豁然划然亘二百里[13]。君履其侧，四无居人，苍茫独览曰："吾当屋于是[14]！"率妻来迁，创草屋，斫木为耜[15]，冶釜为犁，夫任半耦[16]，妇任半耦，一耦之力，旬有五日，水咸者立甘，沙疏者立坚，沙肤窳者立厚[17]。秸苗既成[18]，龟鱼大上，不封不爵，乐衎自保[19]。于是远近之民闻之，佥曰[20]："神哉！"稚请于长，长请于老，莫不削薪以为之耜，投刀以为之犁，卖幪以求牛[21]，怀穜稑[22]，储瓶缶[23]，絜大男[24]，衽幼女[25]，效君而归君，愿为海农，洋洋载道。于是稚请于长，长请于老，老谒于正[26]，正谒于吏，吏白于大吏，天子籍其地以为海门厅[27]。不十年，群姓益众，皆造瓦屋，炊烟起如海云。国家岁入地丁漕米[28]，累千近万，为江海大聚[29]。

君生康熙某年，卒乾隆某年，年七十四。妇刘，年九十。君之屋于海也，几六十年，不蓄墨楮[30]，结绳而治。岁终，夫妇解绳之紒以计事[31]，纤芥无忘失，寿考以为常[32]。君卒将百年，君之曾孙贡生奂[33]，以经明闻于时[34]；玄孙翰林院编修兆熊[35]，餔禄于朝[36]，乃召其乡之人而谋之曰：“古者伊耆氏始为蜡[37]，飨农[38]，先农也；先啬司啬，皆农之配也[39]。今法，凡城障大聚[40]，皆得立蜡祠，吾祖宜为先啬。始吾祖刘杀此土[41]，以利后之人，生有奇异，如天之公侯。今海门厅士姓，无吾陈氏旧且大，宜为祠祠吾祖[42]。”皆曰：“田父老之志也！”于是既为祠，奂、兆熊以状谒内阁中书龚自珍[43]，请书于其祠之榜，又因以为乐石之文[44]。龚自珍则大书之如是。状又称君不知书，乃能作书，点画英硕，神明所流，匪道匪艺[45]，不可得而详也。

颂曰[46]：生为功民，众疑以为神；没为功神，尚其福吾民。琴瑟士女，以招君兮；豆觥明粢[47]，以报君兮；文此乐石，以震耀君兮。以大旌于海滨，且以劝田。

① 达节：通达事理，不拘常格而自然合节。 ② 瑰(guī)怪：珍贵奇特。瑰，像玉的石头。 ③ 没：同“殁”，死。社：土地之神。祭土地神的处所也叫社，即社庙、社宫。 ④ 无称：后人将无所称述，无闻于后。 ⑤ 讳：尊崇死者，表示不敢直呼其名故曰讳。 ⑥ 崇明县：在长江口崇明岛上，明朝时立为县。原属江苏省，1958 年划归上海市。 ⑦ 禀：禀赋，先天的体性或气质。 ⑧ 圜：同“圆”。中(zhòng)：合。规：圆规。 ⑨ 衎(kǎn)然：刚直的样子。魁颀(qí)：身材魁梧高大。 ⑩ 骞(xiān)：或作“骞”，飞举，此言让家产于其兄弟，离家远逝。 ⑪ 后祇(qí)：或称后土、地祇，即土地之神。效灵，显示灵验。 ⑫ 通州：今江苏省南通市及所辖地区。海门在通州之东，五代后周初置县，元、明以来，县城多次陷毁于海潮，清康熙间并入通州。常熟：今江苏省常熟市。 ⑬ 豁然：开阔的样子。划然：整齐划一的样子。 ⑭ 屋：这里用作动词，造屋居住的意思。 ⑮ 斫(zhuó)：斫削。耜(sì)：原始农具，耒的下端，装在犁上，用以翻土，形状如锹。先为木制，后为金属制品。 ⑯ 耦：两人并肩耕作。
⑰ 肤：浮浅。窳(yǔ)：不坚实。 ⑱ 秸(jiē)：农作物的茎秆。
⑲ 乐衎(kàn)：快乐，和乐。 ⑳ 佥(qiān)：皆，都。 ㉑ 骒(méng)：驴子。 ㉒ 穜稑(tóng lù)：谷名，先种后熟叫穜，后种先熟叫稑。 ㉓ 缶(fǒu)：瓦器。 ㉔ 絜(qì)：同“挈”，带领。 ㉕ 衽(rèn)：衣襟。这里用作动词，怀抱的意思。 ㉖ 正：里正。古代编八十户为一里(之后编制有所更动)，里之长叫里正，相当于后世的地保。 ㉗ 籍：登记入版图。海门厅：即今江苏省海门县。 ㉘ 地

丁：赋税名。清康熙以前，岁赋有地赋、丁赋二种：地赋为夏税、秋粮等；丁赋为富民、佃民、客民、市民、乡民等。自康熙时，定滋生人丁永不加赋之制；雍正时，复摊并丁赋于地赋，不复存丁赋之名。漕米：或称漕粮，田赋的一种。明、清时，常向江南各省征纳白米，以水运转输入京，称作漕米。 ㉙ 聚：聚落，人烟聚集的地方。 ㉚ 楮(chǔ)：树名，皮可制纸，后即用作纸的代称。 ㉛ 紒(jì)：束发，结发。这里指绳结。 ㉜ 寿考：年高。 ㉝ 贡生：科举时代，选府、州、县学生员中学行皆优者，荐送到京城，升入太学。有副贡、拔贡、优贡、岁贡、恩贡等名目，都称作贡生。奂：陈奂，字硕甫，陈朝玉第三子陈浩的孙子，长洲县附贡生。 ㉞ 经：指六经经学。陈奂精通经学，著述甚多，以《诗毛氏传疏》三十卷最有名。 ㉟ 兆熊：陈兆熊，字伯元，嘉庆二十四年(1819)进士，选庶吉士，授编修。陈奂的侄儿。 ㊱ 餔(bū)禄：食禄。禄，俸禄。 ㊲ 伊耆氏：传说中的古帝王之号。或谓即神农氏。蜡(zhà)：或作"褙"，古代的祭名，年终合祭百神。 ㊳ 飨(xiǎng)：用酒食祭神。 ㊴ "先啬"二句：先啬原指神农氏。司啬谓最初发明耕作的人，相传尧时后稷始作稼穑，所以以后稷为司啬。这里以先啬、司啬泛指对农业有发明创造的人。 ㊵ 障：边塞险要之处，为障蔽外来侵略所筑的城。 ㊶ 刈杀：芟除恶草，开辟土地。 ㊷ 祠祠：上字作名词解，即祠宇。下字作动词解，祭祀的意思。 ㊸ 状：行状，记述死者生平事迹、籍贯、生卒年月等的一种文体。内阁中书：官名。明、清两代，凡内阁敕房、制敕房，都设中书舍人，掌管书写机密文书及记载、翻译、缮写等事务。龚自珍曾任内阁中书十余年。 ㊹ 乐石：可用为乐器的石头。志铭之文称为乐石之文。 ㊺ 道、艺：师道传授的学问与技能。古代以先王教导民众的道理为道，以礼、乐、射、御、书、数为艺。道、艺都是当时学生学习的内容。 ㊻ 颂：颂扬功德之辞。凡碑版的体裁，叙事用散文，铭辞用韵文，通常用“其辞曰”“铭曰”或“颂曰”的形式。㊼ 豆：古代盛食物的器具。后世专作祭祀用具。觥（gōng）：用兕牛角制成的酒器。明粢：凡祭祀所用的稷（即小米），专称明粢。

翻译

清朝建立以来，有许多雄奇杰出、不拘常礼而又通达事理的人，他们展现出奇异可贵的资质才能，亲自实践着淳厚古朴的德行，这些人生前在普通人中才智超群，死后应当在社庙里受到祭祀，不为他们写文章，其于后世不就默默无闻了吗？先啬陈君，名叫朝玉，字璞完，江南崇明县人。陈君年幼时就有超常的禀赋，皮肤颜色黝黑如漆，肚脐下凹好像一个臼，腰的一圈长着白色的纹理，白纹浑圆几乎合于圆规。看相的人说，这是玉带围，将会有奇特而不同寻常的作为。陈君渐渐长大后，秉性耿直、魁梧高大。所以他的同乡人，就曾怀疑他是神。陈君十三岁时，把家产让给哥哥，就像鸿凤高飞，一去无踪影。

当时皇朝政治清明，地神显灵，海里的君王来献土地，降福给我们百姓。通州、常熟之间东边的地方，海水汪洋无边，潮水退去沙滩显露出来，宽广整齐，绵亘有二百里。陈君来到沙滩边上，只见四处都无人居住，他独自望着一片旷远的土地说：“我应当在这里盖房子住。”于是，他带着妻子迁居到沙滩，第一个搭起了草屋，斫削木头制成耜，熔炼铁锅制成犁，丈夫在一边，妻子在一边，夫妻并肩合耕，十五天后，咸水顿时变成了淡水，松散的沙地很快地坚实、深厚起来。地里种下的禾苗生长起来了，海里的鱼鳖水产丰富，陈君夫妇不受朝廷的封土赐爵，过着自给自足、安定快乐的生活。这时远近的人们听说此事，都说："神奇啊！"于是，年轻的请求年长的，年长的请求年老的，大家都斫削木柴制成耜，熔炼刀枪做成犁，卖掉驴子买耕牛，携带各类庄稼的种子，瓶瓶罐罐装得满满的，带领着大儿，怀抱着幼女，效法陈君并前来投奔，愿意做海农，人们浩浩荡荡，挤满了大路。这时年轻的向年长的请求，年长的向年老的请求，年老的禀告里正，里正禀告小官，小官上告大官，最后皇帝把这个地方登记入版图定为海门厅。不到十年，到海门厅来的百姓更加众多，他们都造起了瓦房，炊烟升起就像海云一样浓密。国家每年在这里收进的各种赋税漕米，成千上万，海门厅成为长江大海之间的一个大聚落。

陈君生于康熙朝某年，死于乾隆朝某年，享年七十四岁。他的妻子刘氏，享年九十岁。陈君在海边造屋居住，将近六十年，他不储备纸张笔墨，用结绳的方法管理一切。到了年终，陈君夫妇解开一个个的绳结来计算各种事情，连最细微的小事也没有遗漏，直到他们年迈一直是这样。陈君去世将近一百年，他的曾孙贡生陈奂，以精通经学闻名于当时；玄孙翰林院编修陈兆熊，在朝做官。他们召集乡里的人商量说："古时候伊耆氏开始举行蜡祭，用酒食祭祀农神，即祭祀农业始祖神农氏；先啬和司啬，都是和神农氏一起配祀的农神。依照现在的祭祀法，凡是城市、要塞及大的聚落，都可以设立蜡祭的庙堂，我们的祖先应该是先啬。当初我们的祖先开辟这个地方，为后代人谋利益，他天生有奇异之相，如天生的公侯。现在海门厅士人的姓氏，没有像我们陈氏这么古老而且盛大的，应该设祠宇祭祀我们的祖先。”乡人们都说：“这正是乡里父老们的心意啊！”祠宇落成以后，陈奂、陈兆熊带着陈君的行状求见内阁中书龚自珍，请求写在祠宇的牌匾上，再根据行状为陈君写碑文，龚自珍就郑重地写下了这一篇。行状又称陈君没有读过书，却能写字，而且写得劲挺丰润，完全是天资的流露，既不是师道所传授，也不是平素的练习，无法详知其中的原因。

颂文曰：生前是有功的人，人们怀疑他是神；死后成为有功的神，希望他降福于众人。青年男女弹奏琴瑟，是邀请您啊；祭器排列加明粢，是报谢您啊；写下这一篇碑文，是光大荣耀您啊。隆重表彰于海滨，并且用来劝勉人们勤于农事。

送歙吴君序[①]

这篇赠序虽为朋友送行所作，但主要抒发作者自己内心的郁勃不平。龚自珍青年时代就怀抱以天下为己任的大志，这使他成为封建末世的时代先觉者。在黑暗现实的重压下，他的孤独之感异常沉重。文中借当今之世究竟是有"人"还是无"人"之辨，假托游海寻觅奇异之物最后失望而归的一番经历，深切地表达作者的内心苦闷。文章最后通过为吴君送行，反复自责、自勉，表现作者不屈服于命运，不畏风险、继续奋进的决心。

① 歙(shè)：歙县，今属安徽省。吴君：吴文澂(澂是"澄"的异体字)，字南芗(xiāng)，歙县人。嘉庆十八年(1813)上书论事，被放逐，于是渡海南归。

十八九读古书，执笔道天下事。有执予裾而讯者曰[①]：世固无人，慎勿为若言。则怒喙之曰[②]：否！奈何无人？入世五六年，窥当路议论颜色[③]，车敝敝周乎国门[④]。又有执予裾而讯者曰：世尚有人，安用若？则又怒而喙之曰：否！奈何有人？始之否也，不知其无也；继之否也，

不信其有也。东西南北以为客，游海，然而心茫洋[5]，目迷澌[6]；乘孤舟洄乎大漩之中[7]，飓浪讧作[8]，魂魄皆涣散，怪鸟悲鸣，日暮冥冥，求所谓奇虬[9]、巨鲸、大珠、空青卒无有。已矣！退而归于垤[10]。心已定矣，睫已合矣，槁乎其如息[11]，傫乎其不任负载[12]。然而有叩吾门，贡吾以奇虬[13]、巨鲸、大珠、空青之异者，疑十而信一。疑十而信一，则是志已忘也，志忘则欲其惊也难。且劝复往，则必色色恐矣[14]。求凉而饮冰，求热而炽炭，求绝交而寂寞，求得朋而奋起，不亦顺乎？何居[15]，吴子之以炭投我于冰之辰也[16]？意者造物使予不平，凡所求焉，无一而使之平，始之否也则缪矣[17]！继之否也又缪矣！吴子来，是造物者杂以冰炭投于余之心也[18]。吴子请行，其复之于海乎？倘见有少年孤舟独行者，邮以眡予[19]，予请复往。

---

① 裾(jū)：衣服的大襟。讯：告，陈诉。　② 喙(huì)：嘴，这里用作动词，有驳斥的意思。　③ 窥：暗中观察。当路：指做官掌权的人。颜色：指脸色、态度。　④ 敝敝：疲惫的样子。国门：都城之门。⑤ 茫洋：浩渺，无边无际。　⑥ 目迷澌(sī)：目光迷离模糊。

⑦ 洄（huí）：逆流而上。 ⑧ 讧（hòng）：混乱。 ⑨ 虬（qíu）：古代传说中龙的一种，无角。空青：矿石名，青色，可入药，古人视为奇异之物。江淹《空青赋》："况空青之丽宝，亦挺山海之不测。" ⑩ 垤（dié）：蚂蚁洞口的小土堆，即蚁冢，喻指狭小的天地。 ⑪ 槁（gǎo）：枯干。 ⑫ 儽（lěi）：颓丧无力的样子。 ⑬ 贡：告诉。 ⑭ 色色：惊恐貌。 ⑮ 何居（jī）：何故。居，表语气，同"乎"。 ⑯ 辰：时刻。 ⑰ 缪：通"谬"，错误。 ⑱ 造物：造物主，老天爷。 ⑲ 眂（shì）：通"视"，给人看。

翻译

十八九岁读古书的时候，喜欢拿起笔议论天下大事。有人扯住我的衣襟告诉我说：世上本来就没有关心国事的人，当心些不要发表这样的言论。我便发火反驳他说：不对！怎么说没有人？踏入社会五六年，我观察当权人物的言论态度，疲惫地在京城里赶车来回奔走。又有人扯住我的衣襟告诉我说：世上还有别的人，哪里用得着这样呢？我便又发火反驳他说：不对！怎么说有人？我当初说"不对"，是不知道世上没有我心目中的那种人；这以后又说"不对"，是不相信还有那种人。我东西南北四处漂流，一直游荡到海上，但是内心空空荡荡，眼睛里迷迷糊糊；乘着一只小船在大漩涡中逆流而上，暴风大浪乱卷，令人魂飞魄散，怪鸟悲切地鸣叫，夕阳西下，天色昏暗，我寻求人们所说的奇特的虬龙、巨大的鲸鱼、罕见的大珠、珍贵的空青，最终仍然一无所获。算了吧，还是退回那蚁穴般的世界。我的心已经平静了，眼睛已经合上了，形体好像生命垂危，颓丧无力已经不能承受负担。然而有人却来敲我的门，告诉我虬龙、巨鲸、大珠、空青之异，我心中十分怀疑一分相信。十分怀疑一分相信，那说明我的志向已经遗忘了，想要使志向遗忘的人受到震动是困难的。将劝说他再次到大海上去，那么必定会惊慌恐惧了。要求凉快就喝冰水，要求暖热就烧木炭，要求与世隔绝就自甘寂寞，要求得到朋友就振作起来，这不也是顺理成章的吗？为什么吴君拿炭火送给内心如冰时的我呢？想来是造物主要使我不得平静，凡是我所寻求的，没有一样是能够使我平静的，我当初说“不对”是错了！接着说“不对”又错了！吴君来看我，这是造物主交替用冰和炭投向我的内心啊！吴君要上路了，他是重新到海上去吗？倘若你看见驾着一只小船独自航行的少年人，一定写信告诉我，我请求再次前往！

送钦差大臣侯官林公序①

本文写于鸦片战争前夕的道光十八年十一月(1839年1月)。这一年,道光皇帝委派林则徐为钦差大臣,赴广州查禁鸦片,龚自珍写作此文给林则徐,作为临别赠言。作者在文中分析了鸦片输入对国计民生造成的严重危害,进而提出禁绝烟毒、保护货币、发展农桑、抵御外国经济掠夺和军事侵略的一系列具体主张,驳斥了妥协派的谬论和某些人的目光短浅之见,并对林则徐此次南下禁烟可能遇到的种种阻碍作了充分的估计,勉励他务必把握时机,将禁烟斗争进行到底。此文谋虑深远,建议周密而中肯,充分表现了作者在禁烟问题上过人的胆识和崇高的爱国热忱。林则徐读后,深为感动,复信称此文"非谋识宏远者不能言,而非关注深切者不肯言","是坚我心,虽不才曷敢不勉"。

① 钦差大臣:由皇帝特命派遣并颁发关防赴外地办理重大事件的官员。林公:对林则徐的尊称。林则徐(1785—1850),字少穆,福建侯官(今福建福州)人,曾任湖广总督和两广总督,是当时禁烟派的代表人物。序:古代论说文的一种体裁,原指评介作品内容的文字,后送别赠言之文也称序。

钦差大臣兵部尚书都察院右都御史林公既陛辞[①]，礼部主事仁和龚自珍则献三种决定义[②]，三种旁义[③]，三种答难义[④]，一种归墟义[⑤]。

中国自禹、箕子以来[⑥]，食货并重[⑦]。自明初开矿，四百余载，未尝增银一厘，今银尽明初银也。地中实，地上虚，假使不漏于海，人事火患，岁岁约耗银三四千两，况漏于海如此乎？此决定义，更无疑义。汉世五行家[⑧]，以食妖、服妖占天下之变。鸦片烟则食妖也，其人病魂魄，逆昼夜。其食者宜缳首诛[⑨]！贩者、造者宜刎脰诛[⑩]！兵丁食宜刎脰诛！此决定义，更无疑义。诛之不可胜诛，不可绝其源；绝其源，则夷不逞，奸民不逞；有二不逞，无武力何以胜也？公驻澳门[⑪]，距广州城远，夷筚也[⑫]。公以文臣孤入夷筚，其可乎？此行宜以重兵自随，此正皇上颁关防使节制水师意也[⑬]。此决定义，更无疑义。

食妖宜绝矣，宜并杜绝呢羽毛之至，杜之则蚕桑之利重，木棉之利重，蚕桑、木棉之利重，则中国实。又凡钟表、玻璃、燕窝之属，悦上都之少年，而夺其所重者，皆至不急之物也，宜皆杜之。此一旁义。宜勒限使夷人徙澳门，不许留一夷。留夷馆一所，为互市之栖止。此又一旁义。火器宜讲求，京师火器营[14]，乾隆中攻金川用之[15]，不知施于海便否？广州有巧工能造火器否？胡宗宪《图编》[16]，有可约略仿用者否？宜下群吏议，如带广州兵赴澳门，多带巧匠，以便修整军器。此又一旁义。

于是有儒生送难者曰：中国食急于货，袭汉臣刘陶旧议论以相抵[17]。固也，似也，抑我岂护惜货，而置食于不理也哉？此议施之于开矿之朝，谓之切病；施之于禁银出海之朝，谓之不切病。食固第一，货即第二，禹、箕子言如此矣。此一答难。于是有关吏送难者曰：不用呢羽、钟表、燕窝、玻璃，税将绌。夫中国与夷人互市，大利在利其米，此外皆末也。宜正告之曰：行将关税定额，陆续请减，未必不蒙恩允，国家断断不恃榷关所入[18]，矧所损细、所益大[19]？此又一答难。乃有迂诞书生送难者，则不过曰为宽大而已，曰必毋用兵而已。告之曰：刑乱邦用重典[20]，周公公训也[21]。至于用兵，不比陆路之用兵，此驱之，非剿之也；此守海口，防我境，不许其入，非与彼战于海，战于艅艎也[22]。伏波将军则近水，非楼船将军，非横海将军也[23]。况陆路可追，此无可追，取不逞夷人及奸民，就地正典型，非有大兵阵之原野之事，岂古人于陆路开边衅之比也哉？此又一答难。

以上三难，送难者皆天下黠猾游说[24]，而貌为老成迂拙者也。粤省僚吏中有之，幕客中有之，游客中有之，商估中有之，恐绅士中未必无之，宜杀一儆百[25]。公此行此心，为若辈所动，游移万一，此千载之一时，事机一跌，不敢言之矣！不敢言之矣！

古奉使之诗曰："忧心悄悄，仆夫况瘁。"[26]悄悄者何也？虑尝试也，虑窥伺也，虑泄言也。仆夫左右亲近之人，皆大敌也。仆夫且忧形于色，而有况瘁之容，无飞扬之意，则善于奉使之至也。阁下其绎此诗[27]！

何为一归墟义也。曰：我与公约，期公以两期期年[28]，使中国十八行省银价平[29]，物力实，人心定，而后归报我皇上。《书》曰："若射之有志。"[30]我之言，公之鹄矣[31]。

① 兵部尚书：中央行政机构尚书省六部之一兵部的最高长官。这是林则徐被任命为钦差大臣后的加衔。都察院：明清两朝中央最高监察机关。右都御史：都察院的副长官，也是赐予林则徐的加衔。陛(bì)辞：向皇帝辞行。 ② 礼部主事：礼部是中央六部之一，主管礼乐制度、科举考试等事务。主事为部中的中级官员。时龚自珍任礼部主客司主事。 ③ 旁义：由前一项意见引申出相关性的意见，即供参考的意见。 ④ 答难(nàn)义：批驳诘难者的意见。 ⑤ 归墟义：结论性的意见。归墟：语见《列子·汤问》，传说渤海有无底深谷，为众水所归之处，叫归墟。后以此比喻事物的结果。 ⑥ 箕(jī)子：商朝贵族，名胥余，纣王的叔辈，封国于箕(今山西太谷东北)。 ⑦ 食货并重：相传箕子所作《尚书·洪范》篇里，论夏禹的治国大法，提到一食二货，同等重要。 ⑧ 五行家：古代以五行(水、火、木、金、土)解释天人关系的一种学派。 ⑨ 缳(huán)首诛：绞杀。缳，绞索。 ⑩ 刎脰(dòu)诛：即斩首。刎脰，割断脖子。 ⑪ 公驻澳门：龚自珍以为林则徐驻在澳门，实际上林驻在广州，仅到澳门巡视过一次。澳门，在今广东珠海市南，鸦片战争前成为英国囤积、偷卖鸦片的巢窟。1887年被葡萄牙殖民主义者完全侵占。 ⑫ 夷箄(bì)：指清政府限定的外国人的居留地。箄，篱笆。 ⑬ 关防：指清政府特发给钦差大臣的一种长方形的大印。 ⑭ 京师火器营：用枪炮装备的禁卫军，建于康熙三十年。 ⑮ 金川：在今四川大渡河上游。乾隆十二年(1747)及三十六年(1771)，清高宗曾两度出兵征伐大小金川土司。 ⑯ 胡宗宪《图编》：指明代抗倭将领胡宗宪所编的《筹

海图编》，是一部筹划海防和制造兵器的专著。 ⑰ 刘陶：东汉侍中，谏议大夫，曾向桓帝提出“先食后货”的主张。见《后汉书·刘陶传》。 ⑱ 榷（què）关：征收关税。 ⑲ 矧（shěn）：况且。 ⑳ “刑乱”句：语见《周礼·秋官》。 ㉑ 周公：姓姬，名旦，周文王子，周武王弟，相传周礼是他制订的。公训：众所周知的话、教诲。 ㉒ 艅艎（yú huáng）：古代的一种大型战船。 ㉓ 伏波、楼船、横海：都是汉代将军的名号。汉武帝曾封路博德为伏波将军，杨仆为楼船将军，韩说为横海将军。这里的伏波将军指林则徐。意思是建议林则徐只宜在海口进行自卫防御，不宜像楼船将军在海上作战和横海将军的跨海远征。 ㉔ 黠（xiá）猾：狡猾，奸诈。 ㉕ 儆（jǐng）：警戒。 ㉖ “忧心”两句：出自《诗经·小雅·出车》。悄悄，忧虑的样子。况，甚。瘁（cuì），憔悴。 ㉗ 绎（yì）：寻绎、探究其由来。 ㉘ 期（jī）年：周年。 ㉙ 十八行省：清代将全国划分为十八行省。 ㉚ “若射”句：见《尚书·盘庚上》。志，射准目标的意志。 ㉛ 鹄（gǔ）：箭靶的中心。后指目标、目的。

翻译

钦差大臣兵部尚书都察院右都御史林公拜别皇上之后，礼部主事仁和人龚自珍就献上三项决定性的意见、三项参考性的意见、三项答辩性的意见，以及一项归结性的意见。

中国自从夏禹、箕子以来，对农业和货币同样重视。自从明朝初年开采银矿，四百多年了，没有增多一厘银子，如今用的银子都是明初的银子。地下的银矿中蕴藏丰富，地上的银子却空虚不足，即使白银没有外流的话，由于人为事故和自然灾害，每年也大约要损耗白银三四千两，何况又这样地流向海外呢？这是决定性的意见，再没有丝毫疑问。汉代的五行家，把饮食和服饰上出现的怪异现象称作食妖、服妖，根据它们来推测天下将发生的灾变。鸦片烟就是食妖，吸食的人精神受到毒害，白天黑夜颠倒不分。对于那些吸食鸦片的人应该绞死！贩卖鸦片的人、制造鸦片的人应该斩首！士兵吸食鸦片的也应该斩首！这是决定性的意见，再没有丝毫疑问。不过这些人杀是杀不完的，因此不可不杜绝鸦片的来源；杜绝鸦片的来源，外国人就会心怀不满，不法之徒就会心怀不满；有这两种对禁烟心怀不满的人，没有武力怎么取得胜利呢？您进驻澳门，离广州城远，那是外国人的居留地。您作为文臣孤身深入外国人聚集的地方，难道能行吗？这次去应该带大军跟随着自己，这正是皇上颁授官印让您指挥海军的用意所在。这是决定性的意见，再没有丝毫疑问。

除了禁绝吸食鸦片，还应该同时杜绝呢绒羽毛制品的输入。杜绝了这些，国家蚕桑的收入就会增加，棉花的收入就会增加，蚕桑、棉花的收入增加了，中国就会殷实富足。还有，像钟表、玻璃、燕窝之类的东西，京都的阔少们见了欢喜着迷，然而夺去他们白银的，都是这些最不急需的物品，应该全部杜绝。这是一项参考性的意见。应该强行规定期限叫外国人迁往澳门，不许留下一个。广州只保留外国商馆一所，作为两国贸易时外国商人的住所。这又是一项参考性的意见。枪炮武器应该力求精良，京师火器营的武器，乾隆年间攻打金川时使用过，不知道用在海防上是否便利？广州有没有能够制造火枪火炮的高明工匠？胡宗宪的《图编》中，有没有可以供大致模仿采用的地方？应该交下去让官吏们讨论。如果率领广州军队去澳门，要多带能工巧匠，以便修整军器。这又是一项参考性的意见。

于是有儒生提出责难说：中国的农业问题比货币问题更急迫。这是守着东汉大臣刘陶的旧议论来刁难。事情固然是这样，儒生的责难也似乎有理，但是我难道会只重视货币而把农业问题搁开不管吗？这种议论用在开采银矿的朝代，可以说是切中时弊；用在当今禁止白银外流的时代，就叫不合实际了。农业固然是第一件大事，而货币就是第二件大事，夏禹、箕子的话就是这样说的。这是第一项答辩性的意见。于是有管理关税的官员提出责难说：不让呢绒、钟表、燕窝、玻璃等进口，关税将会减少。说到中国与外国人做买卖，最大的好处在于从购买他们的大米中获利，此外都是微不足道的。应该正告那些官吏说：就要把关税定额陆续地请求减低下来，这未必得不到皇上开恩允准。国家经济绝对不能依赖关税的收入，何况这样做损失微小而收益巨大。这又是一项答辩性的意见。还有那种迂腐荒唐的书生会提出责难，所说的不过是“要宽大”“切不要使用武力”一类的话罢了。应该告诉他们，“惩罚作乱的邦国要用重法”，这是周公传世的训诲。至于用兵，与陆地上打仗不同，这是驱逐敌人，并不是围歼敌人；

这是守住海口，保卫我们的海防，不许敌人入侵，并不是与敌人在海上作战、在战舰上交锋。是像伏波将军那样就在岸边防守，并不是像楼船将军、横海将军那样出海征战。何况陆地上作战可以追击，在沿海防守就谈不上追击，只要逮捕那些居心险恶的外国人和不法之徒，就地正法，并没有大军在野外布阵作战那种事，怎么能拿古人在陆地上发动边境战争的事例作比呢？这又是一项答辩性的意见。

以上三项责难，提出责难的人都是社会上狡猾机诈、能说会道，而表面上装作老成持重、迂腐笨拙的家伙。广东的官吏中有这种人，幕僚中有这种人，游说者中有这种人，商人中有这种人，恐怕绅士中也有这种人，应该杀一儆百。您这次禁烟的行动和这种决心，如果被这些人所动摇，哪怕稍有一点犹豫，在这个千载难逢的关键时刻稍有差池，后果就不敢说了，不敢说了！

古代描写奉命出使的诗说："我心里忧虑重重，驾车的随从也憔悴不堪。"忧虑的是什么呢？是担心有人有所试探阻挠，担心有人暗中窥伺破坏，担心言语不慎泄露机密。随从左右心腹之人，都能以敌为大，不轻敌。如果连随从们都显得忧心忡忡，有憔悴的面容，没有得意忘形的神色，那就是最善于奉命出使的人了。请您细细体会这首诗吧！

什么是归结性的意见呢？是说：我与您约定，希望您用两年整的时间，使国内十八行省的银价平稳、物力充实，人心安定，然后回朝廷报告皇上。《尚书》说："就像射箭那样要有射准目标的意志。”我的话，就是您要达到的目标啊！

附：林则徐复札

定庵先生执事：月前述职在都，碌碌软尘，刻无暇晷，仅得一聆清诲，未罄积怀。惠赠鸿文，不及报谢。出都后，于舆中䌷绎大作，责难陈义之高，非谋识宏远者不能言，而非关注深切者不肯言也。窃谓旁义之第三，与答难义之第三，均可入决定义；若旁义之第二，弟早已陈请，憯未允行，不敢再渎；答难之第二义，则近日已略陈梗概矣；归墟一义，足坚我心，虽不才曷敢不勉？执事所解诗人悄悄之义，谓彼中游说多，恐为多口所动，弟则虑多口之不在彼也。如履如临，曷能已已！昨者附申菲意，濒行接诵手函，复经唾弃，甚滋颜厚。至阁下有南游之意，弟非敢沮止旌旆之南，而事势有难言者，曾嘱敝本家岵瞻主政代述一切，想蒙清听。专此布颂腊祺。统惟心鉴不宣。愚弟林则徐叩头。戊戌冬至后十日。

记王隐君

本文对王隐君未作正面描述，但从簏中诗与写本《心经》细节，引述轿夫戚猫所语、作者所遇，以及何布衣、马太常等所言，从各个侧面烘托出王隐君的神秘形象，令人向往不已。文章行文简洁、语言传神，见出作者传记散文的特色。

于外王父段先生废簏中[①]，见一诗，不能忘。于西湖僧经箱中，见书《心经》[②]，蠹且半[③]，如遇簏中诗也，益不能忘。

春日，出螺师门[④]、与轿夫戚猫语。猫指荒冢外曰："此中有人家。段翁来杭州，必出城访其处，归不向人言。段不能步，我舁往[⑤]。独我与吴轿夫知之。"循冢得木桥，遇九十许人，短褐曝日中。问路焉，告聋。予心动，揖而徐言："先生真隐者！"答曰："我无印章。"盖隐者与印章声相近。日晡矣[⑥]，猫促之，怅然归。

明年冬，何布衣来[⑦]，谈古刻。言："吾有宋拓李斯郎邪石[⑧]。吾得心疾，医不救。城外一翁

至，言能活之，两剂而愈。曰：‘为此拓本来也！’入室，径携去。”他日，见马太常[9]，述布衣言。太常俯而思，仰而掀髯曰：“是矣！是矣！吾甥锁成[10]，尝失步入一人家，从灶后隙户出[11]，忽有院宇，满地皆松化石[12]，循读书声，速入室，四壁古锦囊，囊中贮金石文字。案有《谢朓集》[13]，借之，不可，曰：‘写一本赠汝！’越月往视，其书类虞世南[14]。曰：‘蓄书生乎？’曰：‘无之。’指墙下锄地者：‘是为我书。’出门，遇梅一株，方作华，窃负松化石一块归。若两人所遇，其皆是欤？”

予不识锁君，太常、布衣皆不言其姓，而吴轿夫言：“仿佛姓王也。”西湖僧之徒取《心经》来，言是王老者写，参互求之，姓王何疑焉！惜不得锄地能书者姓。

桥外大小两树，依倚立，一杏、一乌桕。

---

① 外王父：外祖父。段先生：段玉裁（1735—1815），字若膺，一字懋堂，江苏金坛人。乾隆时举人，官巫山知县。精于小学，是清代著名的文字训诂学家和经学家。簏（lù）：竹制的书箱。 ②《心经》：佛经名，是《般若波罗蜜多心经》的简称。 ③ 蠹（dù）：蠹鱼，书中的蛀

虫。这里用作动词，指蛀蚀。 ④ 螺师门：杭州旧时的东门，一名清泰门。 ⑤ 舁(yú)：共举，扛抬。 ⑥ 晡(bū)：黄昏时。 ⑦ 何布衣：何元锡，字梦华，清钱塘(今浙江杭州)人。著有《秋神阁诗钞》《蝶隐庵丙辰诗稿》。布衣，指没有功名的人。 ⑧ 宋拓：宋朝的拓本。拓本，摹拓古器碑帖之本。李斯郎邪石：秦始皇二十八年(前219)，始皇行封禅登郎邪(一作琅琊，山名，在今山东诸城东南滨海处)，做郎邪台，立石刻纪功德。相传石刻为丞相李斯所书。 ⑨ 马太常：马履泰，字秋药，清钱塘人。官太常寺少卿(掌宗庙礼仪)。⑩ 锁成：号吟竹，回族人，占籍钱塘。工于诗，著有《蛇略》《然糠录》。⑪ 湫(jiǎo)户：小门。湫，狭仄。 ⑫ 松化石：质地呈松树纹理的石头。 ⑬《谢朓集》：即《谢宣城集》，今存五卷，南齐谢朓作。⑭ 虞世南：唐代著名书法家。字伯施，越州余姚(今浙江余姚)人。

翻译

在外祖父段先生的破书箱里，我看到过一篇诗稿，一直忘记不了。在西湖和尚的佛经箱子里，看到手抄本《心经》，被蠹鱼蛀坏了将近一半，就像是看到书箱里的那篇诗稿，更加忘记不了。

春天，我到螺师门外去，路上跟轿夫戚猫闲谈。戚猫指着荒凉的坟冢外说："这里面有一户人家，段老来杭州，一定要出城来访问这个地方，回城后不对别人说。段老不能步行，我抬着他去。只有我和吴轿夫知道这件事。"我沿着坟冢走到一座木桥，遇见一个九十来岁的老人，穿着粗布短袄在晒太阳。我上前向他问路，他回说耳朵聋。我心里一动，作了个揖，慢慢地说："先生真是位隐者！"他回答说："我没有印章。"大概是"隐者"和"印章"的声音相近。太阳快落山了，戚猫催促我，我惘然若失地回去了。

第二年冬天，何布衣来访，谈到古代的石刻。他说："我有一部宋拓本李斯《郎邪台刻石》。一次我得了心脏病，医治不见效。城外有一老人来，说能治好我的病。我吃了他两服药就好了。他说：'我是为这个宋拓本才来的！'说完走进里屋，直接拿了去。"后来有一天，见到马太常，跟他谈起何布衣的一番话，马太常低头想了一会儿，又抬头捋着络腮胡子，笑说："对了！对了！我的外甥锁成，有一回走错了路，闯入一户人家，从厨房后的小门穿出去，忽然看到有院子屋舍，满地都是松化石，他循着朗朗的读书声快步进了屋里，只见四面墙壁上挂着不少古色古香的织锦口袋，口袋里装的尽是些钟鼎拓片和碑帖。书桌上有一部《谢朓集》。锁成向主人借看，主人不同意，说：'抄一本送你吧！'过了个把月，锁成又去看望，那抄本的书法很像虞世南字体。锁成问：'你雇着专门抄写的人吗？'主人回答说：'没有。'又指着在墙边锄地的人说：'这人为我抄写。'锁成出了门，迎面见一棵梅树，梅树正在开花。他偷偷地背了一块松化石回家。你们两个人遇见的，大概都是同一位吧！"

我不认识锁成先生，马太常和何布衣都没有说出那位老人的姓氏。而吴轿夫说："好像是姓王。"西湖和尚的徒弟来取《心经》时，说是王老先生写的，参合起来推求，姓王还有什么疑问呢！可惜的是不知道那位会写一手好字的锄地人姓什么。

在那座木桥旁边，有一大一小两棵树相依并排挺立着，一棵是杏树，一棵是乌桕树。

书叶机[①]

本文写贡生叶机在危急关头挺身而出、统率地方武装力量一举击败海盗、保护沿海人民生命财产的英雄事迹。作者突出描写了叶机的英勇、机智与卓越的军事统率才能，歌颂他为民奋战的英雄气概，同时也讽刺与谴责了清政府及其军队的腐败无能。

① 书：写。

鄞人叶机者[①]，可谓异材者也。嘉庆六年[②]，举行辛酉科乡试[③]，机以廪贡生治试具[④]，凡竹篮、泥炉、油纸之属悉备。忽得巡抚檄曰："贡生某毋与试。"机大诧。

初蔡牵、朱濆两盗[⑤]，为海巨痈[⑥]，所至劫掠户口以百数，岁必再三至。海滨诸将怵息[⑦]，俟其去，或扬帆施枪炮空中送之，寇反追，衄不以闻[⑧]，故为患且十年。巡抚者[⑨]，仪征阮公也[⑩]，素闻机名，知沿海人信官不如信机；又知海寇畏乡勇胜畏官兵；又知乡勇非机不能将。

八月，寇舶定海[⑪]，将犯鄞。机得檄，号于众曰："我一贫贡生，吮墨执三寸管[12]，将试于有司[13]，售则试京师[14]，不售归耳。今中丞过听[15]，檄我将乡里与海寇战，毋乃哈乎[16]？虽然，不可已，愿诸君助我。"众曰："盍请银于文官？"不可。"盍假炮于武官？"不可。"事亟矣，何以助君？"叶君则揎臂大呼[17]，且誓曰："用官库中一枚钱、借官营中一秤火药而成功者[18]，非男子也。"飞书募健足，至行省[19]，假所知豪士万金，假县中豪士万金，遂浓墨署一纸曰："少年失乡曲欢致冻饿者[20]，有拳力绝人者，渔于海者，父子兄弟有曾戕于寇者，与无此数端而愿从我者，皆画诺[21]。"夜半赍纸者返[22]，城中、村中画诺者几三千人，天明簿旗帜若干、火器若干、船若干、粮若干，机曰："乌用众？以九舟出，余听命。"是日也，潮大至，神风发于海上，一枪之发抵巨炮，一橹之势抵艅艎[23]，杀贼四百余人。九月，又败之于岸。十月，又逐之于海中。明年正月，又逐之于岛。浙半壁平。出军时，樯中有红心蓝边旗，机之旗也。自署曰："代山"，其村名也。朱濆舰中或争轧[24]，诅于神[25]，必曰遇代山旗。

阮公闻于朝，奉旨以知县用[26]。今为江南高

邮知县。为龚自珍道其事。

---

① 鄞(yín):县名,今属浙江省。 ② 嘉庆:清仁宗颙琰(yóng yǎn)的年号(1796—1820)。 ③ 辛酉科乡试:科举时代,正式的考试分乡试、会试、殿试三级。明清时代规定逢子、卯、午、酉之年举行乡试,即每三年各省集士子于省城,举行区域性的考试,乡试考中后称举人,可到京城参加全国性会试,会试规定逢丑、辰、未、戌之年,即乡试后一年举行。所以下文说"售则试京师"。会试考中者称"贡士",可参加由皇帝亲自主持的最高一级考试"殿试",考中者就是"进士"。 ④ 廪贡生:由公家供给粮食的府、州、县学生员中的学行俱优者称为廪生,以廪生资格被选拔为贡生者称为廪贡生。 ⑤ 蔡牵、朱渍(fén):当时闽、浙一带海盗,以闽海为根据,凡商船出入海口,便勒索通行税,后为阮元所平。 ⑥ 为海巨痈:成为海防大患。巨痈,大毒疮。 ⑦ 怵(chù)息:恐惧。 ⑧ 衄(nǜ):失败,挫败。 ⑨ 巡抚:官名。清代以巡抚为省级地方政府的长官,总揽一省的军事、吏治、刑狱、民政等。 ⑩ 阮公:阮元,字伯元,号芸台,江苏仪征人。乾隆进士,曾任浙、闽、赣、粤等省巡抚。 ⑪ 定海:县名,今属浙江省。 ⑫ 吮(shǔn):用口吸。 ⑬ 有司:官吏。古代设官分职,事各有专司,故称有司。 ⑭ 售:卖。这里引申为考试得中。 ⑮ 中丞:清代以右副都御史为巡抚的兼职,古时御史台副长官称中丞,故称巡抚为中丞。 ⑯ 咍(hāi):嗤笑。 ⑰ 揎(xuān)臂:捋袖出臂。 ⑱ 秤:量词。十斤叫"衡",半衡叫"秤"。一秤即五斤。 ⑲ 行省:地方行政区划名称。元代以中书省为中央最高行政机关,

在河南、江浙、湖广、陕西、辽阳、甘肃、岭北、云南等处设行中书省，简称行省。明代改行中书省为承宣布政使司，除两京直辖地区外，共有十三布政使司，但习惯上仍称行省，简称为省。清沿置。
⑳ 乡曲：乡里。 ㉑ 画诺：画押签字应征。诺，应允。 ㉒ 赍(jī)：携带。 ㉓ 艅艎(yú huáng)：大船。这里指战船。 ㉔ 争轧：争斗。 ㉕ 诅于神：在神前请求降祸于他人。 ㉖ 知县：官名，主管一县事务。

翻译

鄞县人叶机，可以说是一位有着奇异才干的人。嘉庆六年，举行辛酉年的乡试，叶机以廪贡生的身份，整治进考场参加考试的用具，凡是竹篮、泥炉、油纸之类的物品都准备齐全了。忽然收到巡抚的文书说："贡生某人不要参加考试。"叶机大为诧异。

先前蔡牵、朱渍两伙海盗，是海防的大患，他们所到之处，抢劫掳掠成百上千的居民，一年必定要来两三次。沿海防守的将领十分畏惧，他们等海盗离去后，有的才扬起船帆跟在后面向空中放枪放炮相送，海盗竟反过船来追赶官兵。官兵失败了也不上报，所以海盗成为祸害将近十年，巡抚是仪征人阮公，一向听说叶机的声名，知道沿海的居民相信官府还不及相信叶机；又知道海盗害怕地方武装胜过害怕官兵，还知道地方武装只有叶机才能统率。

八月，海盗船只停靠定海，即将侵犯鄞县。叶机得到军书文告，号令众人说："我是一个穷贡生，吮吸着墨水，握着三寸笔管，将要参加官方的考试，考中了就参加京城的会试，考不中就回乡。现在中丞大人过于听信传闻，传下文书要我统率地方武装力量跟海盗作战，这不是嗤笑我吗？虽然这样，我无法推却，希望诸位协助我。"众人说："何不向文官请求银钱费用呢？"叶机不允许。"何不向武官请求枪炮武器呢？"叶机不允许。"事情紧急了，用什么帮助您呢？"叶机捋起衣袖、举起手臂大声疾呼，并发誓说："花费官库中一枚小钱或者借官营中一秤火药而成功的，都不是男子汉！"叶机传下紧急文书招募来健步如飞的人，赶到江浙行省，向相知的豪侠之士借了一万两银子，又向县里的豪侠之士借了一万两银子，接着用浓墨写了一张署名文告，说："年轻人有失去乡里的照顾以至于受冻挨饿的，有拳力无敌的，在海上捕鱼的，父子兄弟中有被海盗残杀的，以及没有这几种情况也愿意跟从我的人，都画字应征。"到半夜时携带文告的人回来，城中、村中画字应征的将近有三千人。天亮时登记征集到的旗帜有若干、火器有若干、船只有若干、粮食有若干。叶机说："哪里用得着这么多？用九只船出征，其余的等候命令。"这一天，海潮滚滚而来，海上刮起神奇的大风，一发火枪抵得上海盗的巨炮，一只小船的威势抵得上一艘大战船，叶机的队伍共杀敌四百多人。到九月，叶机再次把海盗打败在海岸边。十月，又把海盗驱赶到大海中。第二年正月，又把海盗驱逐到海岛上。浙江的半边就此平定了。出军的时候，船中桅杆上挂着红心蓝边旗，这就是叶机的旗。叶机自己题写了“代山”二字，这是他村庄的名字。朱渍船中的众海盗有时发生争斗，互相在神前诅咒，必定是咒对方碰上代山旗。

阮公将叶机的事迹上报到朝廷，奉皇帝圣旨任用叶机为知县。叶机现任江南高邮县知县。阮公对龚自珍讲起过叶机的事。

己亥六月重过扬州记[①]

本文作于道光十九年(1839),即鸦片战争前一年。龚自珍在京任礼部主客司主事。这年四月,他多次上书要求改革时政,支持林则徐赴广州禁烟,为执政者所忌,受到冷落。于是他借口父亲年老需要奉养,辞官南归。五月中旬过淮浦,抵扬州,于六月写下此文。

这篇游记散文,不仅把扬州市容风貌和作者游览感受写得细腻入微,生动逼真,同时又有很强的政论性和现实性。文中以扬州的表面承平、繁华,一再否定"过客"所言芜城,实际上正揭示了扬州已臻衰世。文章最后,以初秋将临作为当时形势的象征,目光敏锐,与醉生梦死者形成对照,又与绝望者不同。虽为衰落之始,但扫除繁荣表象,能使清醒者感奋而不绝望。所谓"重过",因嘉庆二十五年(1820)作者由北京南还时曾经过扬州。

① 己亥:清道光十九年(1839)。重:再次。扬州:今江苏省扬州市。

居礼曹[①],客有过者曰:"卿知今日之扬州乎[②]?读鲍照《芜城赋》[③],则遇之矣。"余悲其言。

明年，乞假南游。抵扬州，属有告籴谋[4]，舍舟而馆。既宿，循馆之东墙步游，得小桥，俯溪，溪声谨[5]；过桥，遇女墙[6]，啮可登者[7]，登之，扬州三十里，首尾曲折高下见。晓雨沐屋，瓦鳞鳞然，无零甃断甓[8]，心已疑礼曹过客言不实矣。

入市，求熟肉，市声讙；得肉，馆人以酒一瓶，虾一筐馈。醉而歌，歌宋元长短言乐府[9]，俯窗呜呜[10]，惊对岸女夜起，乃止。客有请吊蜀冈者[11]。舟甚捷，帘幕皆文绣，疑舟窗蠡瀫也[12]，审视，玻璃五色具。舟人时时指两岸曰“某园故址也”“某家酒肆故址也”，约八九处。其实独倚虹园圮无存[13]。曩所信宿之西园[14]，门在，题榜在，尚可识，其可登临者尚八九处。阜有桂[15]，水有芙渠菱芡。是居扬州城外西北隅，最高秀。南览江，北览淮，江、淮数十州县治[16]，无如此冶华也[17]。忆京师言，知有极不然者。

归馆，郡之士皆知余至，则大讙。有以经义请质难者，有发史事见问者，有就询京师近事者，有呈所业若文、若诗、若笔、若长短言、若杂著、若丛书乞为序、为题辞者[18]，有状其先世事行乞为铭者[19]，有求书册子、书扇者，填委塞户牖[20]，居然嘉庆中故态[21]。谁得曰今非承平时耶[22]？惟窗外船过，夜无笙琶声，即有之，声不能彻旦。然而女子有以栀子华发为贽求书者[23]，爰以书画环瑱互通问[24]，凡三人。凄馨哀艳之气，缭绕于桥亭舰舫间，虽澹定，是夕魂摇摇不自持。余既信信[25]，挐流风，捕余韵，乌睹所谓“风号雨啸、鼯狖悲、鬼神泣”者[26]？

嘉庆末，尝于此和友人宋翔凤侧艳诗[27]。闻宋君病，存亡弗可知；又问其所谓赋诗者，不可见，引为恨。卧而思之，余齿垂五十矣，今昔之慨，自然之运；古之美人名士富贵寿考者几人哉？此岂关扬州之盛衰，而独置感慨于江介也哉？抑予赋侧艳则老矣；甄综人物，搜辑文献，仍以自任，固未老也。

天地有四时，莫病于酷暑，而莫善于初秋。澄汰其繁缛淫蒸，而与之为萧疏淡荡，泠然瑟然[28]，而不遽使人有苍莽寥泬之悲者[29]，初秋也。今扬州，其初秋也欤？予之身世，虽乞籴[30]，自信不遽死，其尚犹丁初秋也欤[31]？作《己亥六月重过扬州记》。

① 居礼曹：龚自珍当时在京任礼部主客司主事。居，任职。礼，礼部，中央机构尚书省六部之一。曹，礼部各司。 ② 卿：旧时对人的尊称。 ③ 鲍照：南朝文学家，字明远，东海（今江苏涟水）人。擅长乐府，亦工骈文，有《鲍参军集》。《芜城赋》作于宋孝武帝大明三、四年（459—460）间，写历史上广陵（即今扬州）的繁盛和从宋文帝元嘉二十七年（450），到孝武帝大明三年两次遭受兵祸后的荒凉破败，抒发自己的感伤情绪。 ④ 属：适值，正赶上。告籴：向人借粮。⑤ 讙（huān）：喧哗。 ⑥ 女墙：城墙上呈凹凸形的短墙。 ⑦ 啮（niè）：缺口。这里用作动词，意为寻找缺口。 ⑧ 甃（zhòu）：砖壁。甓（pì）：砖。 ⑨ 长短言乐府：泛指词曲。 ⑩ 呜呜：粗放的歌声，表示自己唱得不好听。 ⑪ 吊：凭吊。蜀冈：在扬州西北约四里，即鲍照所谓"昆冈"。冈长四十余里，上有蜀井，相传地脉通蜀，产美茶。 ⑫ 蠡鷇（luó què）：螺壳。蠡通"螺"。鷇，外皮。相传江苏无锡附近的蠡湖出产的贝壳，加工使之变薄，精美透明，可以拿来装饰窗户。 ⑬ 倚虹园：元代崔伯亨花园，清初归洪姓（见《扬州画舫录·虹桥录上》）。圮（pǐ）：坍塌，毁坏。 ⑭ 曩（nǎng）：从前。信宿：连住两夜。西园：在蜀冈法静寺西，园内泉水很有名。作者前次游扬州时，曾住在西园。 ⑮ 阜：土山。此指蜀冈上。 ⑯ 州县治：州城、县城。 ⑰ 此冶：指扬州城。 ⑱ 文：韵文。笔：散文。南北朝时区分文体为文、笔两类，韵文称文，散体称笔。梁刘勰《文心雕龙·总术》称："今之常言，有文有笔，以为无韵者笔也，有韵者文也。"后人多沿用这一说法。杂著：文体的一种。明徐师曾《文体

明辨》认为所谓杂著是“随事命名、不落体格”，较为自由的一种文体。丛书：书籍汇编的一种专名，或称“丛刊”、“丛刻”、“汇刻”等。⑲ 铭：文体的一种，刻在器物上，称述一个人的平生功德，使传扬于后世，或用以自警。 ⑳ 填委：拥挤的样子。塞：堵住。户牖：门窗。㉑ 嘉庆中故态：指作者在嘉庆末年与友人宋翔凤在扬州所见的社会风气。 ㉒ 承平时：太平的年代。这是作者的讽刺语。这年(1839)是鸦片战争前夕，三月林则徐在广东禁烟，十月福建梅林洋面英船寻衅。战争随时都可能爆发。 ㉓ 栀子华发：栀子花串。栀子，一种白色的香花。华发，可能是“华鬘”之误，华鬘是用花朵结缀成的长串的饰物。也有认为是女子花白头发上插着栀子花。贽(zhì)：古代初次求见人时所送的礼物。 ㉔ 环瑱(tiàn)：指环和耳坠，这里指饰物。 ㉕ 信信：住了四夜。信，信宿，住两夜。 ㉖“乌睹”句：乌，哪里。“风嗥雨啸”，《芜城赋》中的句子。鼯(wú)，黄鼠狼一类的动物。狖(yòu)，鼬鼠类动物。“鼯狖悲、鬼神泣”是概括《芜城赋》中的句意。这里是说，看不到《芜城赋》中所写的那些荒凉景象。㉗ 和(hè)：依照别人诗词的题材和体裁做诗词。宋翔凤：字于庭，长洲(今苏州)人，嘉庆时举人，精研经学，是作者的好友。侧艳诗：指文辞艳丽而流于轻佻一类的诗歌。 ㉘ 泠(líng)然：清凉的样子。瑟然：洁净的样子。 ㉙ 寥泬(xuè)：旷荡空虚。 ㉚ 乞籴：求买粮食，指生活窘迫。 ㉛ 丁：当，遭逢。

翻译

我在礼部主客司任职，有一位来访的客人说起：“您知道今天的扬州吗？读一读鲍照的《芜城赋》，就可以看到它的样子了。”我很为他的话感到悲哀。

第二年，我请假到南方游览。到了扬州，恰好碰上盘缠告乏，要向人借贷，所以离船上岸，住进旅馆。住了一夜以后，我顺着旅馆的东墙漫步走去，碰到一座小桥，低头看小溪，溪水哗哗流淌；过了桥，碰到城墙上的矮墙有缺口可以攀登，就爬了上去，三十里的扬州城，首尾、曲折、高下的形势尽收眼底。清晨的雨水冲洗了房顶，屋瓦像鱼鳞一样排列齐密，看不到残墙碎砖，心里就已经怀疑礼部主客司来访客人所说的话不够真实了。

我走进市场，找买熟肉，市场上人声喧哗；买到了肉，旅馆仆役又送来一瓶酒，一筐虾。我喝醉了酒就放声歌唱，唱宋、元时代的词曲，伏靠着窗户唱着难听的小调，惊起了对岸在夜里熟睡的女子，这才停止。有一位客人邀请我一起去凭吊蜀冈古迹。游船很快，门帘、窗帷都绣着彩色花纹，正怀疑船窗用螺壳镶嵌而成，仔细一看，才知是五色齐备的玻璃装配的。船主时时指着两岸说，“这是某园的旧址”，“这是某家酒店的旧址”，大约有八九处。其实只有倚虹园完全坍塌不存在了。以前住过两夜的西园，门还在、匾额也在，仍然能够认出来，可以攀登而上的地方还有八九处。蜀冈上有桂花，湖水里有荷花、菱角和芡实。西园位于扬州城外西北角，地势最高耸突出。向南可以看到长江，向北可以看到淮河，江淮之间数十座州城、县城，没有像扬州这么繁华的。回想起在京城时过客的言谈，知道有很不对的地方了。

回到旅馆，扬州的士人都已知道我的到来，大家极为高兴。有人以经书的意旨质疑问难，有人提出史事询问，有人打听京城的近况，有人送上自己的作品，例如有韵之文、诗歌、散文、词、杂文、丛书等，求我写序言、写题辞，有人陈述他们先辈的事迹德行，请求为他们作碑铭，也有人来请求写册页、写扇面，人多拥挤，几乎堵塞了门窗，竟然还是嘉庆年间的老样子。谁能说现在不是太平年代呢？只是窗外游船经过，夜间听不到笙和琵琶的吹奏声，即使有，乐声也不能彻夜响到天明。然而有女子把栀子花鬘作为礼物来向我求书法的，我于是就用书画和首饰与她们互通问候，她们一共有三人。凄恻而绮丽的气氛，缭绕在桥亭游船之间，自己虽然淡泊稳定，这一夜也神魂不安，不能自持。我已经住了四夜，追逐前代文人流传下来的风流韵事，哪里看到“风嗥雨啸、鼯狖悲伤、鬼神哭泣”的荒凉景象呢？

嘉庆末年，我曾经在这里与朋友宋翔凤唱和侧艳诗，听说宋君病了，生死不得而知；又打听他诗中所赋的人，也无法见到，深感遗憾。躺着想想，我的年岁已将近五十了，今昔的感慨，也是自然的命运。自古以来，美人、名士而能富贵长寿的，有几个人啊！这难道跟扬州的盛衰有关，而单单要在江边发抒感慨吗？或许我赋侧艳诗是太老了，但是甄别综核人物，收集编定文献的工作，仍然自认为可以担任，确实还不算老呢。

天地自然有四个季节，没有比炎热的夏天更难受的，而没有比初秋更美好的。清洗杂乱湿热，代之以清明爽朗、恬静舒畅，清凉洁净，而又不使人骤然感觉到迷茫空阔、寥落空虚般悲哀的，就是初秋啊。现在的扬州，大概是初秋吧？我的此生此世，虽然要借贷，自己相信还不会马上就死，我也处在生命的初秋吗？于是我写下这篇《己亥六月重过扬州记》。

病梅馆记

本文写于龚自珍道光十九年(1839)辞官南归途中。作者对梅树遭受人工扭曲戕害,致残致病,深表同情,深感痛心,发誓甘受诟厉疗救病梅,表达了甘愿疗救病态社会一切被摧残事物的决心,反映出他对人才解放和个性自由的热切向往。这在文化统治森严,人才遭受压抑的清代,有很大的进步意义。通篇运用隐喻,寓意深远。

江宁之龙蟠①,苏州之邓尉②,杭州之西溪③,皆产梅。或曰:梅以曲为美,直则无姿;以欹为美④,正则无景;梅以疏为美,密则无态。固也,此文人画士心知其意,未可明诏大号⑤,以绳天下之梅也⑥;又不可以使天下之民,斫直、删密、锄正,以夭梅、病梅为业以求钱也。梅之欹、之疏、之曲,又非蠢蠢求钱之民,能以其智力为也。有以文人画士孤癖之隐⑦,明告鬻梅者⑧,斫其正,养其旁条,删其密,夭其稚枝,锄其直,遏其生气,以求重价,而江、浙之梅皆病。文人画士之祸之烈至此哉!

予购三百盆，皆病者，无一完者。既泣之三日，乃誓疗之，纵之，顺之。毁其盆，悉埋于地，解其棕缚。以五年为期，必复之全之。予本非文人画士，甘受诟厉，辟病梅之馆以贮之。呜呼！安得使予多暇日，又多闲田，以广贮江宁、杭州、苏州之病梅，穷予生之光阴以疗梅也哉！

---

① 江宁：府名，治所在今江苏南京。龙蟠：即龙蟠里，在今南京清凉山下。 ② 邓尉：山名。在江苏苏州西南，相传汉时邓尉隐居于此，故名。 ③ 西溪：在今杭州灵隐山西北。 ④ 欹（qī）：歪斜，倾侧。 ⑤ 明诏大号：公开宣告，大声宣布。诏，告诉，一般指上告其下。 ⑥ 绳：原指木匠所用墨斗的墨绳，这里用作动词，衡量的意思。 ⑦ 癖：嗜好。隐：隐衷，心事。 ⑧ 鬻（yù）：卖。

翻译

江宁的龙蟠里、苏州的邓尉山、杭州的西溪，都盛产梅花。有人说：梅花要枝干弯曲的才美，笔直的就没有姿势；要横斜的才美，端正就缺少景致；要稀疏的才美，繁密就失去形态。是啊，这是文人画士心里明白想说的意思，但不便公开大加宣扬，用来作为衡量天下梅花的标准；又不能叫普天下的人，把梅枝砍去直的、删去密的、锄去正的，拿梅花早死、病残作为职业去赚钱。再说，梅花的横斜、稀疏、弯曲，又不是那些蠢蠢欲动一心想赚钱的人能够凭他们的智慧、本领所能办到的。有那么一些人把文人画士的这种古怪嗜好的隐衷，明白地告诉卖梅的人，这些卖梅人就砍掉梅花的正枝，培养起旁边的枝条，剪掉密枝，弄折嫩枝，锄去直干，阻碍梅的天然生机，这样来谋求高价钱，因而江苏、浙江的梅花都被害得病残了。那一班文人画士的祸害竟严重到这种地步啊！

我买了三百盆梅花，全是病残的，没有一盆是完好的。我为它们哭了三天，发誓要来医治它们，我放纵它们，顺应它们，砸掉花盆，全都埋种在地里，解除捆缚它们的棕绳。我以五年为期限，一定要使它们复原、健全。我本来就不是文人画士，心甘情愿接受辱骂，开设了一间病梅馆来收贮这些病梅。唉！怎样才能让我多一些空闲的日子，又多一些空闲的土地，好用来大量收贮江宁、杭州、苏州一带的病梅，尽我有生之年的光阴来治疗那些梅花啊！

金孺人画山水序[①]

这篇序文赞扬了金五云《山居图》精美的描画以及悠然出世的思想，同时隐隐然表露出自己对逍遥虚无的道家思想的向往。

① 孺人：古代官员之母或妻的封号，也通用为妇人的尊称。

尝以后世一切之言皆出于经，独至穷山川之幽灵[①]，嗟叹草木之华实，文人思女[②]，或名其家，或以寄其不齐乎凡民之心，至一往而不可止，是不知其所出，尝以叩吾客，客曰："是出于《老》《庄》耳[③]"。老、庄以逍遥虚无为宗[④]，以养神气为用，故一变而为山水草木家言。昔者刘勰论魏、晋、宋三朝之文[⑤]，亦几几见及是[⑥]，或者神理然耶？吾友王昙仲瞿[⑦]，有妇曰金，字曰五云，能属文，又能为画，其文皆言好山水也；其所画，有曰《山居图》，极命物态。仲瞿实未甘即隐逸，以从狎鱼鸟之游。五云飨笔研而祝之曰："必得山水如斯画之美而偕隐焉。"昙曰："诺"。

吁！曩者同时之士[8]，固尝拟仲瞿似晋、宋间民，不闻其有奇妇。余窥其能事，与其用心，虽未知所慕学何等，要真不类乎凡之民矣。抑又闻老、庄之言，或歧而为神仙，或歧而为此类，将毋此类之能事与其用心，其亦去去有仙者思欤[9]？大夫学宗[10]，尚其思之！庶嫔百媛[11]，尚其慕之！叹息不足，从而缘之辞。

---

① 幽灵：鬼神。 ② 思女：思恋异性的女子。《列子·天瑞》有"思士不妻而感，思女不夫而孕"句。 ③ 老、庄：老子、庄子。老、庄是先秦时期道家的主要代表人物，崇尚自然，主张清静无为。 ④ 逍遥虚无：道家的主张。逍遥，自由自在，安闲自得。虚无，道家指"道"的本体，说它无所不在，但又无形可见。 ⑤ 刘勰：南朝齐、梁时期文学理论批评家，字彦和，东莞郡莒县（今属山东省）人。梁武帝时历任东宫通事舍人、步兵校尉等职。著有《文心雕龙》五十篇，是我国第一部具有完整体系的文学理论著作。 ⑥ 几几：隐微，不明显。 ⑦ 王昙：一名良士，字仲瞿。浙江秀水人，乾、嘉时著名文士。工书画，善诗文，精通兵家言；又善弓箭，上马如飞，性格豪爽。⑧ 曩（nǎng）：从前。 ⑨ 去去：越离越远，不再回来的意思。⑩ 大夫学宗：贵官大人，学问宗主。大夫，古代官名。学宗，学问流派的开创人。 ⑪ 庶嫔（pín）百媛：众位贵妇、美女。庶，众。嫔，古代皇宫中的女官名。媛，美女。

翻译

我曾经以为后代一切言论都出自儒家经典，只是一旦追究起山河的鬼怪神灵、感慨草木的开花结实，那些文人思女有的用来称扬自己的名声，有的用来寄托他们不同于平常人的精神，以至于一下笔就无法收拾，这就不知道它们的出处了。曾经拿这个问题请教我的客人，客人说："这样的文字是出于《老子》《庄子》。"老子、庄子以逍遥虚无作为宗旨，以修养精神元气作为功用，所以一经变化就成为专写山水草木者的言论了。从前刘勰评论魏、晋、宋三个朝代的文章，也隐隐看到了这一点，大概精神规律就是这样吧。我的朋友王昙，字仲瞿，他的妻子姓金，字五云，会写文章，又善绘画。她的文章都是称说优美山水的；她画的画，有一幅题为《山居图》，描绘山水姿态淋漓尽致。仲瞿本来并不情愿就隐居遁世，去做那亲近游鱼飞鸟的游乐。五云用酒食供祭画笔砚台，并祷告说："一定要找到像这幅画一样美好的山水跟你一同隐居啊。"王昙说："好吧。"

唉！以前同时的士人，本来曾经就把仲瞿比作晋宋时代的人，却没有听说他有位不平凡的妻子。我暗中观察她的特长和她的心意，虽然不知道她所向往的学问是什么样的，总之她真的不像普通的人呢。而我又听说老子、庄子的学问，有的分支成为神仙之学，有的分支就成为五云这类人的学问。是不是五云这类人的特长和他们的用心，也是飘飘然有神仙的念头呢？贵官大人、学派宗主，请考虑他们吧！众位贵妇名媛，请敬仰他们吧。我赞叹之余，为他们写下此文。

书汤海秋诗集后[①]

本文是龚自珍为挚友汤鹏的诗集所作的一篇题跋体短文。文章首先列举唐、宋以来的诗歌大家及其创作，说明诗人与诗作互为依存，真正优秀的作品必然是人品与诗品的统一，应该完整地表现诗人的个性，做到诗如其人。他称赞汤鹏的诗能作到写其“心迹”，决不肯摘取“他人之言以为己言”，所以见其诗而知其人。这些意见，体现了龚自珍对诗歌创作的真知灼见。

① 汤海秋：名鹏(1801—1844)，字海秋，益阳(今湖南益阳)人。

人以诗名，诗尤以人名。唐大家若李、杜、韩及昌谷、玉溪[①]；及宋、元眉山、涪陵、遗山[②]，当代吴娄东[③]，皆诗与人为一，人外无诗，诗外无人，其面目也完。

益阳汤鹏，海秋其字，有诗三千余篇，芟而存之二千余篇[④]，评者无虑数十家，最后属龚巩祚一言[⑤]，巩祚亦一言而已，曰：“完。”何以谓之完也？海秋心迹尽在是[⑥]，所欲言者在是，所不欲言而卒不能不言在是，所不欲言而竟不言，于所不言

求其言亦在是。要不肯挦扯他人之言以为己言⑦，任举一篇，无论识与不识，曰：此汤益阳之诗。

---

① 昌谷：李贺，字长吉，有《昌谷集》。玉溪：李商隐，字义山，号玉溪生。 ② 眉山：苏轼，字子瞻，号东坡，眉山（今属四川）人。涪（fú）陵：黄庭坚，字鲁直，号山谷道人，北宋著名诗人，“江西诗派”的开创者，分宁（今属江西）人，曾贬官涪州别驾，故又自号涪翁。涪州治所在今重庆涪陵，唐时曾称涪陵郡。遗山：元好问，字裕之，号遗山。 ③ 吴娄东：吴伟业，字骏公，号梅村，太仓（今江苏太仓）人。 ④ 芟（shān）：删除。 ⑤ 属（zhǔ）：通“嘱”，嘱咐，嘱托。龚巩祚：龚自珍的别名。 ⑥ 心迹：存心与行事。 ⑦ 挦（xián）扯：多方摘取、剥取。

翻译

诗人靠着他的诗出名，诗更是靠了作诗的人而出名。唐代大诗人像李白、杜甫、韩愈以及李贺、李商隐，还有宋代、元代的苏轼、黄庭坚、元好问，当代的吴伟业，全都是诗和人合为一体，没有他们的人就没有他们的诗，没有他们的诗也就没有他们的人。他们诗作的精神面貌是完整的。益阳人汤鹏，海秋是他的字，有三千多首诗，经过删除保存下二千多首。评论者不下几十位，最后他嘱咐我龚巩祚说一说意见，我也只有一句话而已，叫做："完整无缺。"为什么说它是完整无缺呢？海秋的思想言行全都在这些诗里：他所打算说的在这里面，不打算说而最终不能不说的在这里面，不打算说也到底没说，从他没说出来的地方能体会到他说的话也在这里面。总之不肯生吞活剥别人的诗句当作自己的诗，所以任意举出一首来读，无论认识和不认识他的人都说：这就是汤益阳的诗。

最录李白集[1]

这篇题跋短文首先分析了李白诗多伪作的原因，指出唐宋时许多人误认为李白诗容易仿效，因此仿作多，真伪难辨。其次阐述了李白诗的精神实质是庄子与屈原的结合，其思想来源则是儒、仙、侠三家的融合。这些精到深刻的见解，对于今天的李白研究仍然具有很大的参考价值。

① 最录：总录。最，总计。

龚自珍曰：《李白集》，十之五六伪也：有唐人伪者，有五代十国人伪者，有宋人伪者。李阳冰曰："当时著述，十丧其九，今所存者，得之他人焉。"[1]阳冰已为此言矣。韩愈曰："惜哉传于今，泰山一毫芒。"[2]愈已为此言矣。刘全白云："李君文集家有之，而无定卷。"[3]全白贞元时人[4]，又为此言矣。苏轼、黄庭坚、萧士赟皆非无目之士[5]。苏、黄皆尝指某篇为伪作，萧所指有七篇，善乎三君子之发之端也。宋人各出其家藏，愈出愈多，补缀成今本。宋人皆自言

之。委巷童子[6]，不窥见白之真[7]，以白诗为易效。是故效杜甫、韩愈者少，效白者多。予以道光戊子夏[8]，费再旬日之力，用朱墨别真伪，定李白真诗百二十二篇。于是最录其指意曰[9]：庄、屈实二，不可以并，并之以为心[10]，自白始。儒、仙、侠实三，不可以合，合之以为气[11]，又自白始也。其斯以为白之真原也已。次第依明许自昌本[12]。

---

① 李阳冰：李白的族叔，书法家。李白卒后，曾编李白作品为《草堂集》十卷，并为之作序。“当时著述”四句：语见《草堂集序》。② “惜哉”两句：见韩愈诗《调张籍》，韩诗作：“流落人间者，泰山一毫芒。”毫芒，比喻极其细微。 ③ “李君”两句：语见刘全白撰《唐故翰林学士李君碣记》。定卷，即定本，指经过校订审定的文集。 ④ 贞元：唐德宗李适（kuò）的年号（785—804）。 ⑤ 萧士赟（yūn）：元人，字粹可。《分类补注李太白集》为宋代杨齐贤集注、元代萧士赟删补。 ⑥ 委巷：僻陋的小巷，泛指民间。 ⑦ 真：诗歌感情真实，风格自然。 ⑧ 道光戊子：即清道光八年（1828）。 ⑨ 指意：意旨、意向。 ⑩ 心：指作品的核心、灵魂。 ⑪ 气：气韵，指作品的风格和意境。 ⑫ 许自昌：字元祐，明江苏吴县人，工乐府。著有《水浒记》《桔浦记》《节侠记》等传奇。

翻译

龚自珍说:《李白集》中,十分之五六是伪作:有唐人伪作的,有五代十国时人伪作的,有宋代人伪作的。李阳冰说:“李白当时的作品,丧失了十分之九,现在所保存的,是从别人那儿抄来的。”李阳冰已经说这种话了。韩愈说:“可惜啊,李白的诗流传到今天,所剩下的就好像泰山上的一粒砂石了。”韩愈已经说这种话了。刘全白说:“李君的文集家家都有,但是没有经过整理编定的本子。”全白是唐朝贞元时代的人,又说这样的话了。苏轼、黄庭坚、萧士赟都不是没有眼力的人。苏轼、黄庭坚都曾指出某首是伪作,萧士赟所指出的有七首,这三位君子首先这样做太好了!宋代人各自拿出他们家藏的李白诗作,于是李白诗越出越多,就这样增补、汇集成今天的本子。这都是宋代人自己说的。小街小巷里的少年,看不出李白诗真正的好处,以为李白诗容易仿效。因此仿效杜甫诗、韩愈诗的人少,而仿效李白诗的人就多。我在道光朝戊子年的夏天,花费了二十天的精力,用朱笔和墨笔分别标出真伪,审定李白真诗一百二十二首。于是总录下李白诗的意旨:庄子、屈原实在是两个人,不可以合并,而把他们融合起来成为作品灵魂的,李白是第一人。儒家、神仙家、游侠,其实是三家,不可以融合,而把他们融合起来为作品注入气韵的,李白又是第一人。大概这就是李白诗的真正的源头吧。诗的编排次序是按照明代许自昌的本子。

与人笺一[①]

这是龚自珍写给好友魏源的一封讨论学风和文风的信。清代文坛，以刘大櫆、方苞、姚鼐为代表的“桐城派”风靡一时。他们倡导义理、考据、词章合而为一，在思想上极端推崇程、朱理学，宗派性很强，写作上虽然比较重视散文技巧，但限制太多，形成了程式化的框架，桎梏了散文的发展。首先冲破“桐城派”的古文统治，并为新体散文的发展开创道路的，是龚自珍。鉴于魏源曾一度受到“桐城派”的影响，龚自珍因此写这封信，在赞扬他的新文风的同时，规劝他不要被琐碎考证所牵累，力主用穷本追源、综合百家之说的方法来写文章和做学问。

①《与人笺一》：又题《与魏默深笺一》。魏默深，名源（1794—1857），字默深，湖南邵阳人。道光进士，曾官内阁中书、兴化知县、高邮知州。近代著名思想家、诗人。他与龚自珍齐名，为志同道合的挚友。笺：书信。

客言足下始工于文词[①]，近习考订[②]。仆岂愿通人受此名哉[③]！又云足下既习考订，亦兼文词。又岂愿通人受此名哉！足下示吾近作，勇去口吻之

冶俊[4]，为汪洋郁栗冲夷[5]，是文章之祥也，而颇喜杂陈枚举夫一二琐故，以新名其家，则累矣累矣。

古人文学[6]，同驱并进，于一物一名之中，能言其大本大原，而究其所终极[7]；综百氏之所谭，而知其义例[8]，遍入其门径，我从而管钥之[9]，百物为我隶用[10]。苟树一义，若浑浑圜矣，则文儒之总也[11]。

---

① 客：指别人。足下：旧时对平辈朋友的尊称。工：擅长。 ② 考订：考查订正古书的真伪异同，并加以核对订正。 ③ 仆：旧时对自己的谦称。通人：通晓古今，学识渊博的人，这里指魏源。 ④ 口吻之冶俊：指文章语言艳丽虚浮，华而不实。口吻，语气。冶俊，艳丽好看。 ⑤ 郁栗：指文章深刻严密。郁，有文彩的样子。栗，严密。冲夷：冲淡平和。 ⑥ 文学：文章和学问。文，文学创作。学，学术研究。 ⑦ 究：推论，寻究。 ⑧ 义例：著书的主旨和体例。 ⑨ 管钥之："掌握……的钥匙"的意思。管钥，钥匙。 ⑩ 隶用：使用。隶，役使。用，利用。 ⑪ 文儒：指擅长于文学创作和学术研究的学者。

翻译

有人说您之前擅长写文章，近来从事考订工作。我怎能愿意像您这样学识渊博的人承受这种名声呢！又说您既从事考订，又兼写文章。我又怎能愿意您承受这种名声呢！您把最近的著作给我看，文章勇于革除语言上艳丽虚浮、华而不实的东西，具有气势磅礴、深刻严密、淡远平和的风格，这是文章好的地方。但文章又有些喜欢夹杂列举一两个烦琐的典故，以求取新奇而为自己博得名声，那就受牵累了、受牵累了。

古人的文章和学问，是同驱并进的。在一件事物、一个概念中，能讲出它大的根本和总的源头，推寻出它的终极之点；综合百家的言论，而懂得他们所讲的主旨和体例，广泛地探讨他们做学问的门路和方法，自己跟随在后面掌握着它们的钥匙，让种种事物都为自己所用。如果提出一种新的见解，并且论述得十分圆满，那就兼有作家和学者的长处了。

与人笺二

这是龚自珍写给魏源的另一封信。信中提出要用名家关于名实关系的观点来剖析各种人物。全文不到二百字,却画出一幅群丑图,撕开了六七种人的虚名、伪装,活现出他们的虚伪、狡诈和险恶的本质,反映出作者对于封建末世黑暗社会的切齿痛恨与疾恶如仇的精神。

少习名家言[①],亦有用。居亭主犷犷嗜利[②],论事则好为狠刻以取胜,中实无主。野火之发,无司爔者[③],百里易灭也。某公端端,醉后见疏狂,殆真狂者。某君借疏狂以行其世故,某君效为骇稚以行其老诈。某一席之义前后不相属[④],能剿说而无线索贯之[⑤],虑不寿。朝士方贵,亦作牢骚言,政是酬应我曹耳[⑥]。善忌人者术最多,品最杂;最工者,乃借风劝忠厚[⑦],以济锄而行伐,使受者伤心,而外不得直[⑧]。骛名之士如某君[⑨],孤进宜悯谅也。某童子妍黠万状,志卖长者,奸而不雄,死而谥愍悼者哉[⑩]!

① 名家:战国时诸子百家学派之一,专门研究名(概念)实(事实)之间的关系。这里龚自珍指的是用名家循名责实的方法来分析人物。 ② 居亭主:居亭,即居停,栖止、歇足的地方。古代称租寓之所为居亭,房主人或养客者称为居亭主。犷犷(guǎng):粗暴无情的样子。嗜利:贪利。 ③ 司燧(suì)者:掌握引火的人。司,掌管。燧,火镜,火石之类古代取火的工具。 ④ 属:连接。 ⑤ 剿说:剿,同"抄"。抄袭别人的言论。 ⑥ 我曹:我们。 ⑦ 风劝:劝告。风,讽,婉言劝说。 ⑧ 直:伸。封建社会把申冤也叫做直。 ⑨ 骛(wù)名:追求名位。骛,从事,追求。 ⑩ 谥(shì):古代帝王、贵族、大臣或其他有地位的人死后被追加的带有褒贬意义的名号。这里指被后人所称传。愍(mǐn):哀怜。悼:指年幼者。旧时谥法,对早死的人往往追加"悼"的名号。

翻译

稍微学一点名家的学说、著作,也是有用处的。居停主凶恶地贪求私利,争论事情总爱以狠毒刻薄来取得胜利,他的内心实在没有主见。野火燃烧起来,如果没有掌管引火的人,百里以内就容易熄灭。某公平时道貌岸然,酒醉后就暴露出粗野癫狂,大概是一个真狂者。某君借粗野癫狂来实行他的一套世故,某君装做呆傻幼稚来耍弄他的老奸巨猾。某君说一席话,意思前后不相连贯,只能照搬别人的说法而没有中心思想贯穿,我怕它不会久长。某位朝廷官员刚刚显贵,也说点牢骚话,这正是为了应酬我们这些人罢了。善于妒忌别人的家伙手段最多,种类最复杂;其中最狡猾的是假借讽劝的姿态装着忠厚的样子,来达到排斥别人、打击别人的目的,使受害人精神上受到创伤,却又无法对外公开申诉。追求功名之士如某君,孤独地奋斗前进,是应该怜悯体谅的。某少年狡猾多端,总想出卖忠厚老实的长者,奸诈而又不勇壮,死后将被人称为可怜的短命鬼啊!

与人笺五

龚自珍的这封信指出特定的时代环境造就出千差万别的人才。盛世各类人才自然成长，各尽其用；衰世英才遭受摧残，腐朽庸才祸害国家。本文对清王朝的用人路线进行了巧妙的讽刺，也表现了作者自己主张人才解放的积极思想。

手教言者是也[①]。人才如其面，岂不然？岂不然？此正人才所以绝胜[②]。彼其时，何时欤？主上优闲，海宇平康，山川清淑，家世久长[③]，人心皆定，士大夫以暇日养子弟之性情，既养之于家，国人又养之于国[④]，天胎地息[⑤]，以深以安，于是各因其性情之近，而人才成。

高者成峰陵，碓者成川流[⑥]，娴者成阡陌，幽者成蹊径，驶者成泷湍[⑦]，险者成峒谷[⑧]，平者成原陆[⑨]，纯者成人民，驳者成鳞角[⑩]，怪者成精魅，和者成参苓，华者成梅芝[⑪]，戾者成棘刺[⑫]，朴者成稻桑，毒者成砒附[⑬]，重者成钟彝，英者成珠玉，润者成云霞，闲者成丘垤[⑭]，拙者成畏罪[⑮]，皆

天地国家之所养也，日月之所煦也[16]，山川之所咻也[17]。

将日月之光[18]，久于照而少休欤[19]？将山川之气，久于施而少浮欤[20]？遂乃缚草为形，实之腐肉，教之拜起，以充满于朝市。风且起[21]，一旦荒忽飞扬[22]，化而为沙泥。子列子有言：君子化猿化鹤，小人化虫化沙[23]。等化乎？然而猿鹤似贤矣。噫嚱！噫嚱！

---

① 手教：对别人亲笔信的敬称。 ② 绝胜：优秀众多的意思。胜，事物优越美好。 ③ 家世：家阀世系。这里指累代相承的世业或声誉。 ④ 国人：泛指社会上的人。 ⑤ 天胎地息：指天地环境的养育培养。胎，孕育。息，生长。 ⑥ 碓(duì)：舂米的器具。这里比喻勤奋不息。 ⑦ 驶：马行疾速，泛指快速。这里引申为急躁。泷(lóng)湍：急流。 ⑧ 峒(dòng)谷：山洞峡谷。 ⑨ 平：平坦，这里指心胸坦荡。 ⑩ 驳：杂。与“纯”相对。鳞角：泛指动物。鳞，有鳞的动物之总名。角，泛指有角的动物。 ⑪ 华：花，荣。 ⑫ 戾(lì)：暴戾，乖张。 ⑬ 毒：凶狠，猛烈。砒附：砒霜和附子。砒霜，三氧化二砷的俗称，有剧毒。附子，植物乌头的侧根，有毒，经炮制后可治水肿等症。 ⑭ 丘垤(dié)：小土山。 ⑮ 嵔崔(wēi zuì)：险峻崎岖的小路。 ⑯ 煦：阳光温暖，引申为照耀。 ⑰ 咻(xiū)：喘息声。这里是吹拂的意思。 ⑱ 将：殆，大概。 ⑲ 少休：稍稍停止。

⑳ 少浮:稍微飘走。这里用“少休”“少浮”是暗喻“衰世”到来。㉑ 风且起:暗指社会将有大变革。 ㉒ 荒忽:隐约不分明的样子。㉓“君子”两句:《列子》里没有这句话。《艺文类聚》卷九〇引葛洪《抱朴子》说:“周穆王南征,三军之众,一朝尽化,君子为猿为鹤,小人为虫为沙。”今本《抱朴子·释滞》作“三军之众,一朝尽化,君子为鹤,小人成沙”。作者可能本此。龚自珍这里所说的“君子”是指那些贤德的人才,“小人”是指上述的“缚草为形、实之腐肉”那类人。

翻译

来信所谈的是正确的,人的才能就像人的面孔,难道不是这样吗?难道不是这样吗?这正是人才所以优秀众多的原因。那个时代是什么时代呢?帝王优游安闲,天下太平康乐,山河清明澄彻,家族世系延绵不绝,人心都得以安定。士大夫利用空闲的日子培养子弟的性情,这些年轻人既在家里得到培养,又得到国家社会的培养,受到天地环境的孕育熏陶,形成他们深厚而安稳的情性,于是各人根据自己的情性,成为各种人才。

高傲的成为崇山峻岭,勤奋的成为大河流水,文雅的成为田间阡陌,幽静的成为深山小路,急躁的成为飞水急流,深险的成为山洞峡谷,坦荡的成为大地平原,纯洁的成为普通百姓,驳杂的成为游鱼走兽,怪异的成为妖怪精灵,和善的成为人参茯苓,荣光的成为梅花芝兰,乖戾的成为荆条棘刺,朴素的成为禾稻桑树,狠毒的成为砒霜附子,庄重的成为钟鼎祭器,精粹的成为珍珠宝玉,和润的成为行云彩霞，简慢的成为沙丘土堆，笨拙的成为崎岖山路，这些都是天地国家所养育，日月光辉所照耀，山河气息所吹拂出来的。

大概日月的光辉，照耀太久就会稍微停止片刻吧？大概山河的气息，吹拂太久就会暂时飘散游离吧？于是有人把杂草捆扎成人的形状，里面填满了烂肉，教它们跪拜起立，让它们充塞于朝廷、社会。然而急风将起，有朝一日就会把它们吹得面目全飞随风飘扬，化成泥沙。列子说：君子化成猿猴和仙鹤，小人化成昆虫和泥沙。同样都是变化吧！然而还是化成猿鹤似乎好一些。唉啊！唉啊！

诗

杂诗，己卯自春徂夏，在京师作，得十有四首[①]（选一）

嘉庆二十三年(1818)，龚自珍中浙江乡试第四名举人，并得到主考官的激赏。次年春，他踌躇满志地赴京参加恩科会试，不料以落第告终。诗人受到这一打击，心情难免抑郁。他留住京师。从今文经学家刘逢禄学习《公羊春秋》，接受了“三世”“三统”的进化历史观，认识到清王朝已经步入危机四伏的衰世。这一年自春至夏，诗人写了十四首杂诗，本诗为其中之一，原诗题写在陶然亭墙壁上。诗写黄昏时分陶然亭周围的景物，描绘出凄凉阴沉的晚景景象。忧愁迷惘、低沉悲凉的气氛笼罩全诗，这正是诗人当时心境的反映。诗人触景生情，借景寓意。“忽忽中原暮霭生”，中国大地到处隐伏着社会危机，这是他不愿意看到、却又无法视而不见的衰落景象。有感于此，诗人无法遏制对国家前途的忧虑，同时也隐约预感到一场变革的风暴即将到来。字面上诗的意象有些朦胧，但诗中正交织着诗人个人失意的苦闷与对国势发展之关切的强烈感情。

① 己卯：干支纪年，即清嘉庆二十四年，公元 1819 年。徂(cú)：往，到。有：同“又”。

楼阁参差未上灯[1]，菰芦深处有人行[2]。

凭君且莫登高望[3]，忽忽中原暮霭生[4]。

（题陶然亭壁）[5]

---

① 参差(cēn cī)：高低不齐。 ② 菰(gū)：水生草本植物，嫩茎可食用，俗称茭白。芦：芦苇。陶然亭地势较低，从前称为南下洼，湖水环绕，水草芦苇很多。 ③ 凭：请。 ④ 忽忽：迷茫一片的样子。中原：指中国大地。暮霭(ǎi)：傍晚出现的似雾的云气。 ⑤ 题：题写，书写。陶然亭：北京外城西南处，即今陶然亭公园。原是辽、金时古寺慈悲院，清代重修，取白居易"更待菊黄家酝熟，共君一醉一陶然"诗意。旧时是文人、士大夫游宴之处。

翻译

亭台楼阁高高低低尚未点亮华灯，幽深的芦苇丛里有人影在摇晃。请您且不要登高远眺，中原大地暮霭沉沉，雾气茫茫。

夜坐(选一)

龚自珍于道光三年(1823)春在北京第四次参加会试,落第后写了《夜坐》两首,本诗是其中第一首,是他有感于清王朝科举制度的摧残人材而作。

人材问题是龚自珍十分关注的社会问题之一。在这首诗里,诗人揭露了当时人材凋零、“万籁无言”的社会局面。屡试不第,遭妒忌、受排挤的亲身经历,使他对扼杀人材、限制人材的清王朝专制统治有着痛切的感受。他怀念“少微星”,表现出他对社会变革的迫切愿望。然而,他又痛感自己对现实无能为力,甚至像屈原那样愤而问天也不可能,所以只好把忧愤不平之情写成诗篇向嫦娥倾诉。

春夜伤心坐画屏[①],不如放眼入青冥[②]。
一山突起丘陵妒, 万籁无言帝坐灵[③]。
塞上似腾奇女气[④],江东久陨少微星[⑤]。
平生不蓄湘累问[⑥],唤出姮娥诗与听[⑦]。

---

① 坐画屏:面对屏风而坐。 ② 青冥:指青天、天空。 ③ 万籁

(lài)：天地间各种音响。籁，古代乐器名，借指自然界能发出声音的孔窍。帝坐：即帝座，星名，古代占星家以此星象征帝王。 ④ 塞上：指西北边疆。奇女气：《汉书·外戚传》载汉武帝巡狩到河间，有望气的人告诉他说那里有“奇女”。武帝遣使召之，选为钩弋夫人。本诗借以暗讽统治者只留意女色。 ⑤ 江东：指长江下游一带地区。陨(yǔn)：坠落。少(shào)微星：星名，也称处士星，古代占星家认为是象征士大夫的星，这里指有才之士。 ⑥ 蓄：心里存有。湘累(léi)：指屈原。古时无罪而被迫至死叫“累”，屈原投湘水而死，故称。湘累问：指屈原的《天问》。《天问》篇从宇宙、自然、神话、古史等方面提出许多问题，借以抒发作者的抑郁和愤懑。 ⑦ 姮(héng)娥：即嫦娥，神话传说中为后羿(yì)妻，因偷吃后羿从西王母那里求得的不死之药，奔入月宫。见《淮南子·览冥》。

翻译

春夜面对着屏风独坐伤怀，不如放眼远眺青天。突兀而起的大山会遭到小山丘的妒忌，万籁俱寂帝座却仍威踞中天。塞上似乎升腾起奇女之气，江东久久不见俊才之星。我平生不存问天的意念，只想召唤月中嫦娥来听我忧愤的诗篇。

漫感

这是一首充满强烈爱国主义激情的著名诗篇，作于道光三年(1823)，作者三十二岁。当时，西北边疆以张格尔为首的分裂祖国的叛乱虽然暂时平息，但他逃亡国外，并在外国侵略势力支持下，正酝酿着更大规模的叛乱。东南沿海，英国派船只向中国大量走私鸦片，进行经济侵略，清政府屡禁不绝。面对内忧外患日益严重的国势，龚自珍忧心如焚。他希望能以自己的文才武略为国出力。然而，这一年春他第四次参加会试落第，连续的失败使他痛感报国无门。在《漫感》中，他吐露仗剑从军的爱国情怀，也抒发出壮志难酬的忧愤与怅惘。

绝域从军计惘然①，东南幽恨满词笺②。

一箫一剑平生意③，负尽狂名十五年④。

---

① 绝域：极远的地域，指边疆。 ② 东南：指东南沿海一带。当时以英国为首的殖民主义者，在东南沿海对我国进行经济掠夺。词笺：指诗词。 ③ 一箫一剑：剑与箫是龚自珍诗词中经常吟咏的一对意象。剑是仗剑报国的雄心壮志的寄托，箫是多愁善感的幽情的

抒发。 ④ 负：辜负。十五年：诗人于嘉庆十四年(1809)十八岁时成人立志，在北京与被目为“狂士”的著名诗人王昙订为忘年交，当时已在社会上小有名气。从那时到此时，前后正好十五年。

翻译

从军疆场的壮志难酬令人怅惘。东南形势的忧虑情怀注满诗行。赋诗抒怀和仗剑抗敌是我平生志愿，十五年来完全辜负“狂士”声名。

咏史

道光五年十二月(1826年1月)作者客居昆山,以咏史为题,在这首诗中,借古讽今,揭露当时政治的黑暗以及在高压政策下士风的腐朽颓唐。在东南金粉地,满目都是蝇营狗苟、争名夺利的所谓名流。或攀附于新贵大僚门下,把持大局;或无才无德,却盘踞要津;或一味明哲保身,不问政事;或为了混饭,写无关痛痒的文字。诗人一方面对士人的被毒化戕害深感痛心,一方面对他们的庸怯坠落十分鄙夷、憎恶。尾联二句,借田横及五百壮士史事,意味深长地发出疑问,警告士人不要受最高统治者的欺骗,醉心于功名利禄。全诗忧愤深广,章法谨严,骨力劲挺,风格沉郁,显示出龚自珍诗风的另一侧面。

金粉东南十五州①,万重恩怨属名流②。
牢盆狎客操全算③,团扇才人踞上游④。
避席畏闻文字狱⑤,著书都为稻粱谋⑥。
田横五百人安在⑦,难道归来尽列侯⑧?

---

① 金粉:古代女子化妆用的水银铅粉。这里用以形容繁华绮丽的地

区。十五州：泛指六朝地域的江南一带。 ② 名流：指当时社会上名声显赫之辈。 ③ 牢（láo）盆：官府制作的煮盐器具，汉代谓之牢盆。见《史记·平准书》。这里指掌管盐政的官员，并泛指无德的权势之臣。狎客：依附权贵游乐并为其出谋划策的幕僚和门客。全算：全局计划。 ④ 团扇：古代宫中用的圆扇。才人：宫内女官名。这里借指皇帝左右的佞臣。踞上游：窃居高官。 ⑤ 避席：古人席地而坐，对人表示敬意时则离席而起，称避席。文字狱：从一些著作中摘取字句，罗织罪状，构成冤狱，对作者加以镇压，称为文字狱。清代雍正、乾隆年间文字狱屡兴，受害和受株连的人极多。 ⑥ 稻粱谋：犹言谋求衣食，即俗话混饭吃。 ⑦ 田横：秦末齐人。楚汉相争时，从其兄田荣占齐国旧地自立为齐王。汉灭楚后，田横率其从属五百余人逃入海岛。刘邦派人召降，说："田横来，大者王，小者乃侯耳！不来，且举兵加诛焉！"田横不愿归汉，在赴洛阳途中自杀。岛中五百余人闻田横死，也全部自杀而亡。事见《史记·田儋列传》。 ⑧ 列侯：汉代制度，异姓功臣封侯的，称为列侯。这里用作动词，即封侯之意。

翻译

在那繁华绮丽的江南富庶之地，无穷的恩恩怨怨齐集于名流士林。权贵、幕僚把持着全部大权，内宫佞臣窃据了朝廷要津。书生离席畏惧文字狱，著作只为谋食保安宁。田横壮士今在何处？难道都已封官拜爵、归顺大汉朝廷？

梦中作四截句[1](十月十三夜也)(选一)

龚自珍于道光七年(1827)十月十三日夜写了四首七言绝句,本诗是其中第二首。借梦中诗来宣泄对现实不满的感情。首句自述平生,对自己黄金散尽、岁月蹉跎的半生遭际感慨系之;次句由抑而扬,诗人欣喜地发现自己那颗纯真的童心尚未消泯。三、四句转入梦中幻境,诗人的童心放出奇光异彩,他要叱起明月,照彻大地,让汹涌奔腾的花海怒潮荡激寰宇。此诗是诗人心灵的真诚坦露,抒发了他坚持"童心"、呼唤光明、渴望改革、憧憬未来的社会政治理想。作者以丰富奇特的想象,赋予自然景物以超人的力量,构成奇谲瑰丽、沉烈壮美的艺术境界。

① 截句:即绝句,旧体诗的一种体裁,这里指七言绝句。

黄金华发两飘萧[1],六九童心尚未消[2]。
叱起海红帘底月[3],四厢花影怒于潮[4]。

---

① 黄金:龚自珍身为贵公子,生性豪放挥霍,中年以后沦于贫困。《己亥杂诗》"黄金脱手赠椎埋,屠狗无悰百计乖"可参证。华发:花

白头发。作者此时三十六岁，头发已花白。他在《与吴虹生书》中说："且知杨忠武年未四十，须发尽白，而弟亦如此，甚以自慰。"飘萧：飘零萧疏。 ② 六九：六至九岁。这里泛指童年时期。在作此诗前两年，作者三十四岁时，曾作《午梦初觉，怅然诗成》一诗，诗中有"觅我童心廿六年"，是把八岁左右当作"童心"的年龄。一说，道家认为六九是天地始终及人间善恶循环的劫数。这里指世风大坏之际。 ③ 海红：一种柑桔的名称。《桔谱》："海红柑，颗极大，皮厚而色红。"这里指帘子桔红色。 ④ 四厢：四周。

翻译

我散尽了金钱，头上也只剩下稀疏飘散的白发；可我孩提时的童心还没有消泯。猛喝出桔红帘下皎洁的明月，四周如潮的花影似海浪滔滔。

己亥杂诗(选四)

《己亥杂诗》是龚自珍晚年以七言绝句形式写的大型组诗，共三百一十五首，占他现存诗歌的一半以上。龚自珍于道光十九年己亥(1839)四月辞官南归，七月抵达故乡杭州，九月又北上迎接家眷，并于十二月把家眷接还、安置于苏州府昆山县羽琌山馆。这次南北往返历时八个月，行程九千里，途经河北、山东、江苏、浙江四省。《己亥杂诗》即写于此期间。这些诗，主要记述途中所见所闻和对往事的回顾，抒发自己的感慨和理想。组诗内容广泛，思想深刻，艺术地再现了当时社会风貌和诗人的经历，为我们了解当时社会和作者生平思想提供了宝贵资料。组诗是一个有机整体，构成一部完整的自叙诗，其中每一首各自独立，表现特定的思想主题，这在艺术上也是一种创造。

(一)

这首诗是组诗中第五首，抒写作者不得已辞官，离开北京时的矛盾心情。他以“落红”比喻自己被遗弃的身世，但他决心“化作春泥更护花”。表明虽然辞官，仍然愿为培养新生力量尽一点余力。作者在任何情况下都不忘记自己的社会责任，这种愿为国家前途奋斗终生的积极精神，在当时士大夫阶层中是难能可贵的。

浩荡离愁白日斜[1]， 吟鞭东指即天涯[2]。
落红不是无情物[3]， 化作春泥更护花。

① 浩荡：弥漫无际。这里喻愁的深广。 ② 吟鞭：相伴吟诗的马鞭。东指：离京东行。作者当日从北京外城东面的广渠门出城。即天涯：表示此行路程遥远，也暗示远离朝廷。 ③ 落红：落花，作者借喻自己。

翻译

暮色苍茫之中怀着无边的离愁，吟诗挥鞭东奔天涯。落花并非冷漠无情，它将化作春天的沃土再育新生的花。

（二）

这首诗是组诗的第八十三首。清朝政府向东南各省征收的漕粮，主要靠运河运输北上，称为漕运。运河在进入黄河前，因水位高低不同，在附近设立多座水闸。龚自珍南归抵达淮浦时，看到运粮纤夫拉船过闸时伤心惨目的劳动情景，听到他们不胜重负的劳动号子声，受到很大的震动，写下了这首诗。诗中对劳动人民的悲惨生活寄予深切同情，表达了自己的内疚和自责，对清王朝的弊政给人民带来的深重灾难作了愤怒的指责。

只筹一缆十夫多[①]**，　细算千艘渡此河。**
我亦曾糜太仓粟[②]**，　夜闻邪许泪滂沱**[③]**。**

（五月十二日抵淮浦作[④]）

---

① 筹：计数的竹牌。这里用作动词，计算的意思。缆：系船的绳索，这里指纤绳。一根纤拉一条船，所以一缆即一条船。夫：指船夫、纤夫。　② 糜（mí）：靡费，耗费。太仓：封建王朝建在京师的粮仓。　③ 邪许（yé hǔ）：象声词，指拉纤时吆喝的号子声。滂沱（pāng tuó）：形容眼泪流得很多的样子。　④ 淮浦：今江苏淮安市，旧称清江浦，位于苏北大运河的中点，自古为淮、扬、徐、海间的重镇。

翻译

只算一船过闸就须十人拉纤，细算千船渡河需人力几何？我也曾耗费京城官仓的粮米，夜听纤夫号子声禁不住泪雨滂沱。

（三）

这是组诗的第一百二十五首，是其中最引人注目的诗篇。诗人自注是为道士撰青词而作，实为借题发挥。诗人途经镇江，看到盛大的祭祷玉皇、风神、雷神的活动，不禁浮想联翩，由民间的向天神乞福，进而联想到国家的前途和命运。诗人满怀激愤，揭露清王朝专制统治死气沉沉、“万马齐喑”的可悲局面，他渴望疾风迅雷显示威力，荡涤一切污浊，使九州大地重现生机。他殷切期待“天公”（暗喻清朝最高统治者）能重新振作精神，打破桎梏，改革不合理的制度，让大批勇于革新的人才涌现出来。这首诗，表达诗人要求变革社会、振兴国家的强烈愿望，唱出了时代的最强音。此诗联想巧妙，构思新颖，感情强烈，意蕴高远。

九州生气恃风雷[1]，万马齐喑究可哀[2]。
我劝天公重抖擞[3]，不拘一格降人材[4]。

（过镇江，见赛玉皇及风神、雷神者[5]，祷祠万数[6]，道士乞撰青词[7]）

---

① 九州：古地理书《禹贡》把我国划分为九州，后因以九州指中国。

风雷：原指风神、雷神，这里象征变革社会的疾风迅雷。 ② 万马齐喑（yīn）：语出宋代苏轼《三马图赞引》："（西域贡马）振鬣长鸣，万马皆喑。"喻指在清王朝统治下一种令人窒息的沉闷局面。喑，哑，不出声。究：毕竟，到底。 ③ 天公：指玉皇大帝，这里暗指清朝最高统治者。抖擞（sǒu）：振作，奋发。 ④ 一格：这里指清王朝选官用人所依据的"资格"。 ⑤ 赛：指迎神赛会。旧俗在神的"生日"或其他节日，准备仪仗乐器等，迎神像出庙游行于街衢或村庄间，叫做"赛神会"。 ⑥ 祷祠万数：参加祭神求福活动的人数以万计。 ⑦ 青词：道士斋醮时的祭神祝文，用朱笔写在青藤纸上，称为青词。

翻译

神州大地的勃勃生气靠的是疾风迅雷，如今死气沉沉毕竟使人悲哀。我劝老天爷重新振作神威，不拘清规戒律降生大批人材。

（四）

这是组诗的第一百二十九首。龚自珍在归途舟中读陶潜诗，有感而发，作诗三首，这是其中的第一首。作者钦佩陶潜，认为陶潜虽然归隐田园，但他富有爱憎之情，豪侠之气，并非超然物外，像《咏荆轲》和《停云》诗，就抒发他的豪情壮志和愤慨不平，说明他并没有忘情于社会家国。龚自珍读这些诗，感触颇多，一方面为发现陶诗的真价值、真精神而欣喜，一方面又联想当时清王朝内忧外患日重，像荆轲那样在国难临头时挺身而出的侠客义士恐怕已经不多，未免忧心忡忡。而像他这样的才智之士，虽有报国宏愿，却遭到了当权者的打击排挤，被迫远离朝廷。作者感时伤世，心潮澎湃，其愤激郁勃之情跃然纸上。

陶潜诗喜说荆轲[①]，　想见《停云》发浩歌[②]。
吟到恩仇心事涌[③]，　江湖侠骨恐无多。

（舟中读陶诗三首）

---

① 陶潜：东晋著名大诗人，字渊明，浔阳柴桑人。曾官彭泽令，自称不为五斗米折腰，弃官归隐，以诗酒自娱，世称靖节先生，有《陶渊明集》。陶潜有《咏荆轲》诗，表示对荆轲的景慕与同情。荆轲：战国末年著名侠士，曾为燕太子丹谋刺秦王嬴政，未成被杀。　②《停云》：陶潜有《停云》四言诗，共四章。陶自序云"《停云》，思亲友也"，但内容却写了他在隐居生活中仍关心世乱。　③ 恩仇：指陶诗中所咏荆轲刺秦王事。

翻译

陶潜诗中喜爱吟咏刺秦王的荆轲，想见他写完《停云》时神情激昂纵情高歌。吟诵到报恩复仇便心潮翻涌，如今江湖上行侠仗义之士恐怕已经不多。

中华文史名著精选精译精注（全民阅读版）
已出书目

书　名	导读人	审阅人
贾谊集	徐超、王洲明	安平秋
司马相如集	费振刚、仇仲谦	安平秋
张衡集	张在义、张玉春、韩格平	刘仁清
三曹集	殷义祥	刘仁清
诸葛亮集	袁钟仁	董治安
阮籍集	倪其心	刘仁清
嵇康集	武秀成	倪其心
陶渊明集	谢先俊、王勋敏	平慧善
谢灵运鲍照集	刘心明	周勋初
庾信集	许逸民	安平秋
陈子昂集	王岚	周勋初、倪其心
孟浩然集	邓安生、孙佩君	马樟根
王维集	邓安生等	倪其心
高适岑参集	谢楚发	黄永年
李白集	詹锳等	章培恒
杜甫集	倪其心、吴鸥	黄永年
元稹白居易集	吴大逵、马秀娟	宗福邦
刘禹锡集	梁守中	倪其心
韩愈集	黄永年	李国祥
柳宗元集	王松龄、杨立扬	周勋初
李贺集	冯浩菲、徐传武	刘仁清
杜牧集	吴鸥	黄永年

续表

书　名	导读人	审阅人
李商隐集	陈永正	倪其心
欧阳修集	林冠群、周济夫	曾枣庄
曾巩集	祝尚书	曾枣庄
王安石集	马秀娟	刘烈茂、宗福邦
二程集	郭齐	曾枣庄
苏轼集	曾枣庄、曾弢	章培恒
黄庭坚集	朱安群等	倪其心
李清照集	平慧善	马樟根
陆游集	张永鑫、刘桂秋	黄葵
范成大杨万里集	朱德才、杨燕	董治安
朱熹集	黄珅	曾枣庄
辛弃疾集	杨忠	刘烈茂
文天祥集	邓碧清	曾枣庄
元好问集	郑力民	宗福邦
关汉卿集	黄仕忠	刘烈茂
萨都剌集	龙德寿	曾枣庄
王阳明集	吴格	章培恒
徐渭集	傅杰	许嘉璐、刘仁清
李贽集	陈蔚松、顾志华	李国祥、曾枣庄
公安三袁集	任巧珍	董治安
吴伟业集	黄永年、马雪芹	安平秋
黄宗羲集	平慧善、卢敦基	马樟根
顾炎武集	李永祜、郭成韬	刘烈茂
王士禛集	王小舒、陈广澧	黄永年
方苞姚鼐集	杨荣祥	安平秋
袁枚集	李灵年、李泽平	倪其心
龚自珍集	朱邦蔚、关道雄	周勋初